魔豆

繪／阿蟬

繪／阿蟬

Priest of Light
光之祭司
7
vol.
香草——著

光之祭司

Priest of Light

7

目錄

丹尼爾
半精靈，弓箭手。
擁有空靈的外貌，卻個性彆扭，行事粗魯。
布倫特
龍族（火龍）。
冒險團隊隊長，高大健壯，沉穩又可靠。
Priest of Light
光之祭司
CHARACTERS

艾德
人族祭司。
體弱多病，但身懷強大的光明之力。
埃蒙
獸族（猞猁）。
活潑開朗，某方面卻很自卑。極有殺手天賦。
貝琳
獸族（獰貓）。
外表溫柔，性格卻頗為強勢。擅長各種武器。

01.
暗湧

大雨將至，黑壓壓的烏雲堆積在村落上空，天空還盤旋著大量以烏鴉爲主的食腐鳥類。

即使相距甚遠，微風依舊帶來了淡淡的血腥味，死亡的氣息籠罩著這座遠離人煙、人口不足五十的小村子。

艾德等人見到這種景象時已心知不妙，對於這個村子發生的事也有了些猜測。

畢竟他們前往龍族領地的路途中，已不只一次遇到遭受魔族襲擊的小村了。

那些村落大部分沒有了活口，屍體皆被暗黑死氣污染，要是一直沒有人處理，只怕再過一段時間，這些屍體便會變異成吃人的活屍。

其中有些村子運氣較好，遇襲時得到了冒險者及時救援，可最終也是損失慘重。

魔族愈發頻繁地出現，爲魔法大陸敲響了警鐘，雖說結界破損並非這一朝一夕的事情，然而當這個破損到達某種臨界點時，將會是雪崩式的耗損速度。現在魔族頻頻現身，說不定就是結界已經支撐不住的先兆。

就像一棵大樹，它的枝幹一開始被蟲子蛀蝕時，微小的孔洞對它來說不痛不癢。

但隨著這些蛀洞愈來愈多，並且逐漸連結在一起，樹幹上的傷口便會迅速增大、破裂，最終令大樹傾倒。

目前結界就像被蟲蛀的大樹，上面的破洞多得像個篩子似的。雖然各種族派了菁英在結界外戒備，也有一些藝高人膽大的冒險者時不時闖進去殺一波，卻阻止不了日漸增加的魔族從結界中跑出來。

奇怪的是，艾德他們所在的村落離結界頗遠，來到這個區域的魔族顯然是無視結界外圍的聚居地，反而來到這個距離更遠的地方進行殺戮，這便很耐人尋味。

一開始，有人猜測是魔族有了智慧，知道聚居地聚集了眾多冒險者，也有軍隊時不時巡邏，因此它們選擇避其鋒芒，襲擊一些距離遠、卻更好下手的小村子。

然而與那些魔族交手後，艾德等人卻發現它們依然是沒有理智的怪物，只憑著毀滅的本能行事。

這麼一來，到底是什麼原因讓離開結界的魔族放過聚居地，選擇這些相距甚遠的小村莊？

而且艾德他們一路上屢屢碰到遇襲的村子，似乎那些魔族一直走在他們前面？

該不會……這些魔族與他們同路吧？

布倫特立即想起艾德甦醒後的事情，在遇上艾德不久，他們便在聚居地遇到了一波魔族的襲擊。

當時他們沒有多想，可現在回想起來，有沒有可能那些魔族是追著艾德離開結界的？

難道艾德有什麼吸引魔族的地方，讓魔族衝著他而來？

不，它們明顯已經走在冒險者前面，與其說它們是衝著艾德而來，不如說它們更有可能是被神殿石碑發出的光明之力吸引。說不定光明神殿的力量指引他們時，也同時引來了魔族。

安全起見，布倫特向各種族報告了這件事，並建議那些靠近龍族領地的小村落居民盡快撤離。

可惜，一些村子來不及撤走，又或者居民抱持著僥倖的心態、不願意離開居住地，甚至還有一些種族因爲不爲人知地居住在森林裡，沒收到消息而措手不及。

結果一路上他們依然偶爾會碰上不幸受到魔族襲擊的村落，比如現在他們遇上的這一個。

布倫特向同伴們打了個手勢，眾人立即做好了作戰準備。然而不待他們進去一探究竟，賽德里克便直接把抓在手中的幼龍丟給布倫特，自個兒大剌剌地闖進村裡。

眾人想阻止已經來不及，只能無奈地對望一眼，放棄了一開始謹愼進入村落查探的計畫。畢竟有賽德里克在，他們想不高調也不行！

賽德里克總是一副誰也看不上眼的模樣，這已經不是他第一次二話不說便衝進險境，布倫特爲此勸說過他，可惜卻完全沒用。

自負的賽德里克甚至還覺得被布倫特看輕了，每次遇到狀況更變本加厲地帶頭向前衝，讓冒險者們既爲難又無語。

雖說龍族的單體戰鬥力在所有種族中是頂尖的存在，賽德里克更是龍族中的高手。然而身爲冒險者，眾人很清楚輕敵的人總有一天會付出很重的代價，甚至還會連累到一起冒險的同伴。

可無論心裡對賽德里克魯莽的行爲再不滿，他們總不能任由對方單獨闖入險境，只得不情願地尾隨他進入村落。

踏入村裡，一行人確定了自己的猜測，這座村子果然已經遭到魔族屠殺，一路上屍橫遍野，沒有留下任何活口。

這是地精的村落，這種怕光的生物看起來就像是有著小眼尖牙的小矮人，長相醜萌醜萌的，而且智力不高。平常居住在地底，只會在晚上走出地面活動。

最近有研究發現，地精似乎已創生出獨特的語言與文字，也有了與五歲孩子相近的智力。說不定多年後，這種類人生物會取代人類，成爲魔法大陸上新興的智慧種族。

然而正因爲地精的村落建造在地底，因此龍族撤離周邊種族時，常常會漏掉他們。這已經是冒險者們一路上，碰到的第二個遇襲的地精村落了。

確定四周沒有危險後，艾德便開始收整地精的屍體，在爲死者進行禱告的同時，也淨化他們屍體上沾染的死氣。

冒險者們則忙著挖坑，待艾德的儀式結束後，便把屍體掩埋起來。最先闖入村中的賽德里克此時反倒悠閒地坐在一旁。這個戰鬥狂除了戰鬥什麼也不願理會，像個大爺似地冷眼看著眾人忙碌，完全沒有幫忙的打算，甚至還一副看猴戲的態度看著他們勞動。

在賽德里克充滿興味的觀賞下，丹尼爾的額角浮現出充滿怒意的青筋，看得一旁的布倫特膽顫心驚，就怕丹尼爾一個想不開要去揍對方……不，是送上門被對方揍一頓才對！

畢竟丹尼爾打不過賽德里克啊！

應該說，他們這裡所有人單打獨鬥的話，都不是賽德里克的對手，所以對方態度才會這麼囂張。

當然，冒險者也不是吃素的，聯手起來絕對能夠把賽德里克壓著打，但總不能因爲對方態度惡劣，他們便聯合起來出手圍毆人啊！

丹尼爾倒是不怕出手後會被賽德里克打著玩，即使明知不敵，但只要能夠揍腫對方那張囂張的臉，在丹尼爾看來也是賺到了。

只是丹尼爾不想布倫特難做人，只得把怒氣發洩在挖掘的動作上。看他挖坑的架勢，不知道的人還以爲他要活埋什麼仇人呢！

貝琳忍不住有感而發：「之前還覺得父王看上的唐納安實在很不靠譜，然而與賽德里克一比……父王的眼光似乎也不是眞的這麼差。」

埃蒙心有戚戚地點了點頭。若說眾人之中誰最不懂得與賽德里克相處，絕對要數不善應付強勢性格的埃蒙了：「眞的，相比之下，唐納安絕對好相處得多。」

各自表達出對賽德里克的看法後，姊弟倆不約而同地朝布倫特露出了同情的眼神。

只是與賽德里克同行一段路，他們便已經覺得這麼難受，實在難以想像布倫特在龍族的生活到底有多難捱。

早先便聽說龍族都是非常高傲的種族，但實際接觸後，也太高傲過頭了吧！

每次看到賽德里克鼻孔朝天的模樣，眾人都不禁對他的身分產生懷疑……

賽德里克真的只是長老的弟弟，而不是哪族的國王嗎？

不，無論獸王還是精靈女王，對別人都是客客氣氣的，哪有像賽德里克這樣用鼻孔來看人？

要不是龍族的體質夠好，他們真的很想關心賽德里克一句：老是昂著頭，你的頸椎沒問題吧？

隨即埃蒙又想到頂著一頭綠毛的賽德里克明顯是頭風系巨龍，這還不是龍族裡脾氣最差的火龍呢！也不知道布倫特那位火龍老爸的脾氣到底有多火爆……

同伴們愛憐的目光讓布倫特哭笑不得，這位脾氣特別好的火龍青年笑道：「放心，我的生活倒不至於如你們想像般水深火熱。賽德里克的性格在龍族之中，也是出了名地不好相處了。」

埃蒙聞言，了然地點了點頭：「明白了，也就是說，賽德里克是龍族『討人厭界』的天花板？」

布倫特覺得埃蒙的結論眞的太中肯，只是老好人的性格讓他不想在背後說對方的壞話，只是笑了笑後繼續幹活，這話題便就此打住。

把足以埋葬所有死者的大坑挖好後，即使是體格最爲健壯的布倫特也難免感到疲憊，丹尼爾他們更是已經累得癱坐在地上休息了。

此時仍在忙碌的，只有以聖光淨化屍體，並爲逝者進行禱告的艾德。

這些地精的屍體很多已殘缺不全，看起來非常血腥恐怖，部分更是已經開始腐化，散發出噁心的氣味。然而艾德卻沒有絲毫嫌棄，就像他在精靈森林檢查那些衛兵的嘔吐物時那樣，專心地做著自己手上的工作。

看著虔誠進行禱告的艾德，冒險者們忽然覺得這個青年好像在發著光一樣。

果然不愧是……光明的信徒啊……

賽德里克走到布倫特身邊，一臉不耐煩地指了指艾德，詢問：「他到底要弄到什麼時候？一路上已經被他浪費很多時間了，直接把屍體埋掉了事不就好嗎？」

雖然這已經不是賽德里克第一次對艾德的舉動有所微言，可布倫特還是好脾氣地再解釋了一次：「艾德要先用聖光潔淨屍體，不然屍體上的死氣會污染土地。」

賽德里克擺了擺手，道：「這不是精靈的工作嗎？以前沒有祭司，這種事情都是精靈族在處理。通知精靈族就好，我們就別在這裡浪費時間了。」

對方那副理所當然把事情丟給精靈族的態度，讓布倫特皺起了眉頭：「既然我們遇上了，而艾德正好能夠處理，那花些時間安葬死者也是應該的，亦省了精靈族那邊要特意跑一趟。」

賽德里克想說「這不是精靈族應盡的『義務』嗎？」，不過看到布倫特似乎很不喜歡他這樣說，便聳了聳肩，繼續針對艾德說道：「既然如此，讓他淨化就好，祈禱有用處嗎？那些死者都不是光明神教的信徒吧？布倫特，你不覺得這很可笑嗎？」

其實一開始布倫特看到艾德爲死者禱告時，也曾詢問過對方類似的問題。他倒不是對此感到不耐，只是有些好奇而已。

布倫特仍記得當時艾德的回答：「光明一直以來都是公平地灑落大地，光明神不會因爲對方不是祂的信徒，就吝惜於祂的憐憫與祝福。」

艾德眼中有著堅定不移的信念，即使世界上只有他一個光明神教徒，他也一如以往地敬愛著他的神明，沒有絲毫動搖。

艾德看過生命之樹的藏書後沒有藏私，與眾人分享了所得，甚至坦承了最初的神明是由強大的人類所轉化，並且仰賴著信仰而存在。

其實這件事在其他種族算不上祕密，也就只有人類一直被蒙在鼓裡吧？

當年人類那邊也不是沒有人知道眞相，只是那時候信仰眞神的教廷勢力很大，要是公開此事，勢必會引起很大的動盪。

更何況那時候人類的皇族與教廷關係很好，眞神的信仰引導信徒一心向善，也讓不少絕望的人有了心靈寄託。因此神明的存在對人類來說絕對是利多於弊，於是那些知道眞相的人經過商議，都決定三緘其口，有關神明的眞相這才湮滅於人類的歷史之中。

對於長壽的種族來說，仍然有不少老一輩的人知道這件事。雖然他們早已與人類的高層約定過，因爲承諾而守口如瓶，然而這些知道眞相的種族對信仰的態度影響著下一代，因此一直以來只有人類會崇拜神明。

即使在眞神離開魔法大陸後，人類依然改不了抬出神祇成爲心靈寄託的習慣，最終造就了「光明神」的出現。

可既然神明需要信仰才能夠存在，那麼在人類已經滅亡的現在，也就只有艾德這個碩果僅存的光明神信徒能夠爲祂提供信仰之力了。

可以說，光明神是因爲艾德而存在的。

然而布倫特記得在精靈族的記載中，永生的眞神最後是離開了魔法大陸，與大陸上的一些強者到別的世界旅行去了。

那麼，承接了眞神作爲人類最大信仰的光明之神，在人類滅亡時，祂的力量正値全盛時期，爲什麼卻沒有離開去尋找其他出路？

難道祂是知道艾德還活著，爲了守護這唯一的一個虔誠信徒，才一直待在魔法大陸，忍受著信仰之力逐漸消散的痛苦，並承受也許會因失去信仰而消失的風險嗎？

如果這個猜測成眞，那艾德的信仰能夠如此堅定，也不是沒有道理的。

被神明如此地偏愛，實在很難無動於衷吧？

雖然這只是布倫特的猜測，但就結果來說，現在的艾德與光明神是互相需要的存在。

他們誰也離不開誰，也很難說到底是誰拯救了誰。

面對賽德里克的嘲諷，布倫特搖了搖頭，抱持了相反的意見：「不……我不認爲艾德的舉動可笑。雖然我不信仰光明神，可是艾德總是能夠堅持著自己的初心，不被外界影響，這不是很令人羨慕的一件事情嗎？」

看出布倫特對艾德的維護，賽德里克皺起了眉頭，試探地詢問：「你與這個人類的關係很好？」

布倫特有些訝異賽德里克會這麼問，理所當然地說道：「當然，艾德人很好，這段時間與他的相處很愉快，大家都喜歡他。」

賽德里克不屑地撇了撇嘴：「你還是像以前那般喜歡人類啊！可別忘了，人類都是罪人。」

聽到賽德里克充滿歧視的話語，布倫特露出了複雜的神情，好像很羞愧，又像有些歉疚。只見他臉上閃過一絲掙扎後，含糊其詞地說道：「那只是邪教做的事情，不應該按在所有人類頭上。何況邪教是不是眞的由人類主導，也是未知之數……」

「當然是人類。」賽德里克打斷了布倫特的話，並用著看不懂事後輩的眼神，意味深長地說道：「也只能是人類。」

布倫特瞪大雙目，立即壓低了聲音詢問：「父親把事情告訴你了？」

賽德里克點了點頭，並警告布倫特：「你選擇隱瞞壓印的來源，這做得很好。只是你可別因爲與那個人類的關係好，在這件大事上猶豫不決。」

聽到賽德里克談及這件他昧著良心的事情，布倫特臉上的羞愧之色更深了。可即使心中有愧，爲了龍族的利益，他還是應允了下來。

當初在幻象中看到艾德記憶中的邪教留下的物件時，布倫特大爲震驚。

幻象中的安德烈利用炭筆讓詩集裡的壓痕顯露時，布倫特一眼便認出圖案了！

這個印記，來自於一條項鍊。

是那頭以幼龍爲食的惡龍的遺物！

這件事情連很多龍族都不知道，畢竟那頭母龍性格非常孤僻，也沒有朋友，因此沒有人注意到她戴著這條圖案獨特的項鍊。

布倫特之所以知道，是因爲惡龍死後他途經當時的戰鬥地點，正好撿到這條項鍊。

撿到項鍊的他很快便病倒了，後來才知道母龍在項鍊上下了詛咒。幸好他的叔叔艾尼賽斯素來喜歡研究這些奇奇怪怪的事物，最後成功破除詛咒，救回他的小命。

這件事布倫特印象深刻，再加上項鍊的刻紋很特別，因此即使事隔多年，依然認得出來。

那條項鍊後來被艾尼賽斯拿去研究了，不久後，艾尼賽斯便跑到人類帝國去，聽說這位性格奇特的龍族後來還當了一陣子人類的官員。

直至人類滅絕，艾尼賽斯也隨之失去了消息。雖然大家沒有找到他的屍體，可是這麼長時間的失蹤，龍族已經默認了艾尼賽斯的死去。

畢竟深淵降臨時，艾尼賽斯就在人類的國度，與那些人類一起被困在邪教的結界裡遭到獻祭！

當年布倫特的父親、也就是龍族的長老羅諾德，同樣看過那條項鍊。於是布倫特在看過艾德的記憶後，便偷偷把事情告知了羅諾德。對方看到布倫特畫下的圖案時，也立即認出來了。

父子倆經過商議，決定這件事到此爲止。他們把事情隱瞞下來，不能讓別人知道邪教與龍族有關。

布倫特知道自己這樣做很自私，艾德一直這麼努力，就是想要了解人類滅亡時到底發生了什麼事情、確定魔族降臨的眞相。自己身爲艾德的同伴，卻因爲龍族的利益而背叛了他。

然而布倫特不得不這麼做，他不希望龍族因爲與邪教有關聯，而像人類般被其他種族厭棄。

於是他與羅諾德合力隱瞞這件事，布倫特待在艾德身邊，隨時向羅諾德報告所得訊息。而羅諾德則來到那頭母龍荒廢多年的舊居，把她所剩無幾的遺物全部燒掉。

布倫特認爲這些事情他們做得神不知、鬼不覺，然而不知是否心理作用，他總覺得艾德這段時間的表現有些奇怪，好像在防備著他……不，應該說是防備著所有冒險者。

艾德意外地敏銳，布倫特曾不只一次聽過安德烈稱讚弟弟的聰敏，當時還以爲是對方可怕的弟控濾鏡作祟，可現在看來，艾德確實非常機警。

看艾德的模樣，他顯然已經開始懷疑身邊的人了。布倫特不知道對方是怎樣察覺到不妥，以及有沒有找到證據。他能做的，只有叮囑父親行事小心，並默默觀察著艾德的調查進度。

然而羅諾德卻似乎不想坐看情勢發展，他顯然覺得有所察覺的艾德是個威脅，證據是他派了賽德里克前來。

布倫特對此深感不安，他清楚羅諾德的性格到底有多強硬，並且把龍族的榮耀看得有多重。

最主要是，羅諾德派出的賽德里克是個龍族至上主義者，這讓布倫特有了不好的預感——也許父親想對艾德不利。

賽德里克的一番話也印證了布倫特的猜測，然而這次布倫特卻不打算退讓了，他嚴肅著臉警告：「我自然會看重龍族的利益，可這不代表我會放任任何人傷害無辜的艾德，賽德里克，別幹傻事。」

賽德里克不爽地反問：「傻事？對你來說，悍衛龍族的利益就只是傻事嗎？」

布倫特冷聲說道：「我有我的底線。」

雙方都認爲自己的想法才是「正確」的，堅持己見，互不相讓。

此時艾德已完成了淨化與禱告的工作，抬頭便看到布倫特與賽德里克站到了一旁，還火藥味十足濃厚，好奇地詢問正忙碌著埋葬屍體的埃蒙：「他們在爭執嗎？」

埃蒙搖了搖頭，即使與兩名龍族的距離夠遠，對方不可能聽到他們的對話，可埃蒙仍是下意識壓低音量回答：「不知道呢，他們特意走到一旁談話，神神祕祕的，明顯不想讓我們聽到內容。一開始看起來還好好的，可是說了兩句後，布倫特便沉下了臉，似乎在生氣了！」

一旁的丹尼爾嘲諷說道：「連布倫特這個老好人也能夠激怒，賽德里克眞是好本事。」

貝琳噗哧一笑：「對啊！畢竟布倫特是眞的好脾氣，面對丹尼爾這麼難搞的同伴，也從沒有生氣過呢！」

於是艾德與埃蒙便看到丹尼爾即席表演他的臉可以有多臭，看見對方黑著臉、一副生氣的模樣，再聯想到剛剛貝琳的話，二人想笑又不敢笑，都要憋得肚子痛了。

丹尼爾瞪了貝琳一眼，貝琳立即求生欲旺盛，抱歉又討好地甜甜一笑。

冷哼了聲，丹尼爾把話題放回布倫特二人身上，摩拳擦掌地說道：「他們最好打起來，到時候我們幫布倫特一起圍毆賽德里克，早看他不順眼了！」

02.
夜襲？

可惜丹尼爾註定失望，雖然布倫特與賽德里克鬧得不歡而散，但後續並沒有產生太大的衝突。

只是這麼一來，在接下來的旅程中，就連布倫特也不太願意與賽德里克相處了。被同行的人孤立，賽德里克這位心高氣傲的龍族卻完全不在意，也從不理會與反思自己惡劣的人際關係，可說是自我得很了。

這傢伙依然一副頤指氣使、什麼都看不順眼的模樣，眾人快被他煩死了，都祈求著盡快到達龍族領地，好擺脫這位討厭又麻煩的旅伴。

另一方面，因爲魔族不尋常的活躍，一行人一路上都提高了警覺。

然而地精村落是他們旅途中最後一次遇上的魔族足跡，接下來出奇地平靜，走在他們前面的魔族沒有再留下任何痕跡，也不知道是否與他們錯開了。

人的精神無法長時間繃緊，即使是訓練有素的冒險者也是一樣。因此當眾人走到路程的尾段，免不了感到有些疲憊。

此時艾德一行人已經很接近龍族領地，這個距離即使遇上什麼麻煩，龍族也能夠很快前來支援。何況一路上再也沒有看見魔族蹤跡，眾人總算稍稍能夠放鬆下來。

這天吃過晚餐後，冒險者們便坐在火堆旁聊著天。相較於之前的緊張，氣氛隨著接近龍族的領地而變得輕鬆起來。

這段路程下來，即使是身體最爲強壯的兩名龍族也難免露出了些許疲態，倒是幼龍彷彿不知疲倦爲何物，依然很有精力地咬著布倫特的頭髮玩。

幼龍那明顯是肉食動物特有的利齒，在火光下閃現出銳利的光芒。艾德不由得感嘆幸好身爲龍族的布倫特防禦力驚人，不然以這孩子最近愛上咬他頭髮的架勢，只怕還沒回到龍族領地，布倫特便禿了……

說起來，艾德還曾好奇地詢問布倫特平常是怎樣修剪頭髮與刮鬍子的。

畢竟普通的剪刀應該破不開龍族的防禦。結果布倫特告訴艾德，龍族會定期蛻換鱗片，這些鱗片便能用來修剪頭髮。說罷，布倫特見艾德如此好奇，還從空間戒指中隨手抓了一把龍鱗送給他。

龍鱗在人類的社會中是有價無市的寶物，於魔法師與鍊金術師的圈子裡往往供不應求，想不到在龍族中，卻淪落成用來剪頭髮的工具。

以往人類尚存，龍鱗可以與人類交易換錢，現在倒沒什麼用處了，因此布倫特儲起來的龍鱗多得能夠一大把、一大把地送人。

照顧幼龍明明本應是賽德里克的責任，可是他對幼龍的態度實在讓人感到很不舒服。賽德里克打壓幼龍的手段就像在馴獸一樣，看幼龍時的眼神完全不像看待一個與自己平等的物種。

即使幼龍平常像野獸般生活在與世隔絕的聖地中，在能夠化為人形以前不會被龍族承認為其中的一員，但也鮮少有龍族會把族中的幼龍當野獸般馴養。

布倫特實在看不下去，便主動把照顧幼龍的工作接了過來。賽德里克也樂得輕鬆，於是布倫特便開始了充當幼龍的磨牙棒、天天被咬的生活。

趁著大家坐在火堆旁邊休息的悠閒時刻，艾德便向布倫特打聽：「布倫特，可以說說龍族現在的情況嗎？」

聽到艾德的詢問，丹尼爾與獸族姊弟也好奇地看向布倫特。

「當然可以。」好脾氣的布倫特鮮少拒絕同伴的請求，這次也不例外。他想了想，先確定一下與世界脫節良久的艾德，對於龍族到底有多少了解：「你們應該對龍族有著基本的了解吧？比如龍族因為顏色與自身相屬的元素，分成了六個族群。」

埃蒙搶答似地舉起了手：「我知道！龍族劃分為光系的黃金龍、金屬系的銀龍、火系的火龍、風系的青龍、水系的藍龍，以及土系的棕龍。」

見布倫特認同地點頭，埃蒙不由自主地挺了挺胸，露出充滿成就感的喜悅笑容。

貝琳提出一個奇怪的地方：「為什麼其他龍族都是以顏色來區別，就只有火龍不是稱作『紅龍』？」

布倫特閃過尷尬的神色，不好意思地搔了搔臉，解釋：「其實一開始，火龍也稱作紅龍的。只是後來有的火龍認為這種統一的稱呼不夠特別，這個說法獲得大部分火龍的支持，因此現在都故意強調自己是『火龍』。」

艾德等人：「……」

明白了，簡單來說就是中二病發作，想要強調自己的獨一無二吧？

隨即艾德也提出一些疑問，主要是對照一下自己對龍族的認知經過了漫長歲月後是否依然正確，布倫特都耐心地一一解答。

然而一旁的賽德里克卻不爽了：「問這麼多幹嘛？你該不會對龍族不懷好意吧？」

艾德連忙辯解：「我只是想多了解龍族而已，而且我問的這些談不上機密吧？」

聽到艾德的反駁，賽德里克有些意外。他本以爲這個人類祭司很好欺負，誰知道卻意外地不好拿捏。面對比自己強大的人，他還是會不卑不亢地據理力爭。

賽德里克冷笑：「誰知道呢？像人類這種詭計多端的種族，再警惕也不爲過。」說罷，賽德里克轉向了布倫特，恨鐵不成鋼地警告：「你也長點心，別什麼事情都跟這些外人說。」

布倫特微笑道：「我想我自有分寸。」

在布倫特身上碰了個軟釘子，賽德里克冷哼了聲，便眼不見爲淨地舉步離開。

看著賽德里克的背影，艾德皺起了眉頭，試探般地詢問布倫特：「賽德里克他好像很討厭人類？」

雖然討厭人類的人不計其數，只是賽德里克談及人類時的語氣讓艾德覺得他不只是單純地討厭人類，而是與人類存在著私怨。

難道……賽德里克有家人或朋友因為魔族死去，因此遷怒到其他人類身上嗎？

賽德里克之所以如此厭惡艾德，除了因為印記的事件外，他也的確與人類有著私怨。布倫特認為賽德里克對艾德的針對只怕會愈來愈多，猶豫片刻後，決定坦誠相告：「賽德里克的確討厭人類，但這跟魔族的出現無關。他年輕的時候……曾經與龍騎士簽訂了契約，成為了對方的坐騎。」

「什麼!?」所有人都震驚了。

埃蒙更是再三確認：「你說的人真的是賽德里克嗎？那個鼻孔朝天、不可一世的賽德里克！」

布倫特點了點頭。

獲得了布倫特的確認後，眾人都露出了難以置信的表情。

龍騎士是人類中一種特殊的職業，他們會與巨龍簽訂契約。在契約期間，巨龍作爲龍騎士的坐騎與伙伴，與對方一起作戰。

龍族性格高傲，鮮少會選擇與人類簽訂契約。一般是因爲龍騎士能夠拿出讓巨龍心動的代價，人類的生命對龍族來說非常短暫，要是有吸引力，對龍族來說也不失爲一個不錯的買賣。

還有極少數的例子，是因爲巨龍與龍騎士是戀人關係。

龍騎士的契約有分等級，最高級的契約，甚至能夠讓龍騎士與巨龍之間共享生命。因此一些情深的巨龍，會爲了與戀人白頭偕老而簽訂契約。

賽德里克這麼高傲，不像能夠用利益引誘他簽契約的樣子。

至於第二個可能……

艾德腦海中瞬間幻想出一個愛情故事：賽德里克很久很久以前有一名龍騎士戀人，然後戀人因爲邪教的出現而死去，痛不欲生的賽德里克因而憎恨著所有人類。

說不定他的戀人那時候還懷孕了，結果一屍兩命。賽德里克悲慟地抱住戀人的屍體失聲痛哭，滂沱大雨中，彷彿連天空也爲他哭泣。

其他人也同樣幻想出各種各樣的愛情故事，情節雖然不同，但內容同樣狗血。

「想不到賽德里克是個情種！」埃蒙驚呼。

「眞好奇他喜歡的是怎樣的女生。」艾德滿心好奇。

「說不定是個男的呢。」丹尼爾揶揄道。

「哈哈！這麼說也太過分啦！」貝琳被丹尼爾的話逗笑了。

同伴們紛紛表示驚歎，布倫特哭笑不得地澄清：「不是你們想像的那樣。賽德里克是爲了從人類手中得到一枚蘊含純正風元素的魔法晶石，才與對方簽訂契約。」

說到這裡，布倫特沉默半晌，這才續道：「這是賽德里克的私事，原本我不應該告訴你們的。只是你們接下來還要與他打交道，應該對他有更多的了解。反正這在族裡也不是祕密，我便先告訴你們吧。」

艾德等人都被布倫特的話引起了興趣，全都好奇地看向他。

布倫特道：「還記得我曾經告訴過你們，初生的龍族是沒有理智的野獸，只有在成功變成人形後，幼龍才能夠被龍族接納嗎？」

見眾人點頭，布倫特續道：「然而有極少數的龍族，即使成年後也依舊無法變成人形。這些巨龍因爲年紀漸長，本能地想要擺脫這種困境，便會飛離聖地往外面尋找機遇。然而這些未能化爲人形的巨龍沒有理智，往往會在外界造成很大的傷亡。爲了杜絕這種狀況，每當有成年的族人無法化形時，龍族便會在人類之中挑選品德高尚的強者，強制讓這些巨龍與人類簽訂契約。」

艾德道：「我明白了，人類繳付的魔法晶石可以幫助巨龍化爲人形，契約的力量亦能約束沒有理智的巨龍。人類方面，則能獲得巨龍作爲戰力。」

貝琳感到很疑惑：「所以賽德里克便是因爲這個原因，才與龍騎士訂立契約？可這明明是雙贏的局面，爲什麼賽德里克卻因此而厭惡人類？」

布倫特解釋：「有部分原因，是因爲賽德里克的自尊心作祟。他覺得被契約約束的自己簡直變成了人類的奴僕一般，亦發誓從此以後不讓任何人乘坐在他的背上。但更多的，大概是遷怒吧？」

「遷怒？」丹尼爾沉思道，似乎中間還有其他故事呢！

布倫特嘆了口氣：「當年賽德里克並不是龍族唯一無法變成人形的巨龍，另一人正是當今的龍王陛下。其實那時候賽德里克的父親擁有一枚精純的風系魔法晶石，理應可以提供給他使用的。只是陛下身為稀有的黃金龍，而且光明屬性的他還能夠吸收任何魔法元素……」

聽到這裡，貝琳已經猜到答案了：「所以龍族便把賽德里克交給人類的龍騎士，強迫他訂立了契約。最為適合賽德里克的那枚風元素魔法晶石，卻用在了龍王陛下身上？」

布倫特又嘆了口氣，道：「是的，賽德里克對這件事情是有著怨氣的，只是他不能怪罪陛下，便把這怒意遷怒在人類身上。加上因為賽德里克脾氣不好，契約期間被龍騎士壓制得厲害，更讓他討厭人類。」

將心比心，大家理解賽德里克為什麼對這事情一直耿耿於懷。畢竟相較於黃金龍，風元素的魔法晶石對賽德里克來說簡直是量身訂造的寶物，甚至它本就是屬於賽德里克家族的東西。然而最後獲得這枚魔法晶石的，不是最適合的人，而是更高貴的人。

丹尼爾詢問：「黃金龍不是天生便擁有強大的魔力嗎？也正因如此，每一代龍王都是黃金龍。為什麼這一代的龍王陛下在幼龍時期會無法順利變成人形？」

布倫特解釋：「因為陛下的母親是頭混血棕龍，她在人類社會出生與成長，後來意外覺醒了龍族血脈，並與上一任龍王相戀。」

貝琳聽得少女心發作：「前龍王為了與愛人在一起，一定經歷過很多磨難吧？」

布倫特笑道：「是的，聽說上任龍王當年對一直以為自己是人類的棕髮少女一見鍾情。他花了很大的力氣才把人追到手，然而族中卻對龍王要娶一頭混血棕龍非常反對。不過，面對族內的壓力，前龍王卻從未讓戀人受過任何委屈，是位非常有擔當的男性。」

艾德對龍族的八卦非常感興趣，無奈他身體羸弱，在火堆旁與同伴聊了一會兒天以後，眼皮便開始上下打架了。

艾德一向不是個會勉強自己身體的人，他深知病倒只會拖累隊伍，於是依依不捨地向聊著八卦的眾人告辭，帶著雪糰先回帳篷裡睡了。

艾德離開後，其他人亦陸陸續續回到帳篷休息，只剩下負責守夜的布倫特，抱著昏昏欲睡的幼龍坐在火堆旁邊。

賽德里克便在此時，趁著沒有外人在的時候走到布倫特身邊。

雖然不久前才因爲理念不合而鬧得很不愉快，然而布倫特本不是個記仇的人，見賽德里克特意走過來，友善地主動詢問：「有什麼事情嗎？」

賽德里克上前粗魯地把窩在布倫特大腿上的幼龍抓起，晃了晃幼龍，道：「我在附近發現一條小河，想帶這傢伙去洗洗。」

幼龍被賽德里克吵醒，頓時張牙舞爪地想要咬人。賽德里克可沒有布倫特的好脾氣，一甩手便將幼龍摔在大石上，把他摔得頭昏眼花。

眼看賽德里克要上前抓回幼龍，布倫特連忙搶先將幼龍抱在懷中：「我來洗！我來把他洗乾淨好了！」

這頭幼龍看見誰都咬，而且愈被打壓反彈愈大，布倫特真怕賽德里克一個不耐煩，把幼龍直接打死了事。

雖然布倫特有些疑惑對方之前完全不想管這頭幼龍，怎麼現在卻突然說要帶他去洗澡，不過想想很快他們就要到達龍族領地，賽德里克是這次負責帶幼龍回去的人，他高傲的自尊心應該不允許幼龍回去時一副灰頭土臉的模樣吧？

原本布倫特還不覺得幼龍髒，可想到剛剛幼龍才摔到地上，即使鱗片不顯髒污，但應該沾染到不少泥沙吧。

的確須要洗洗了……

一口攬過替幼龍洗澡的工作後，布倫特隨即想起現在是自己負責守夜的時段，實在不適合走開。

看出布倫特的遲疑，賽德里克不耐煩地揮了揮手：「我替你看守營地就好，快去吧！」

雖然賽德里克性格不好，可他是個身經百戰的勇士，守夜這種事自然難不倒對方，因此布倫特便把守夜的任務暫託給賽德里克。

賽德里克在火堆旁坐了一會，確定布倫特已經走遠，便起身離開了火堆，走向艾德的帳篷。

別看賽德里克身材健壯，行動卻並不笨拙。他進入帳篷時，全程沒有驚擾到熟睡的艾德與雪糰。

賽德里克看見對方熟睡的模樣，眼中滿是殺意。他在黑暗中彎下了腰，並向著躺在睡袋上的艾德伸出了手……

「停下來，別做傻事。」

突然出現的警告聲音量不大，聽在賽德里克耳中卻如雷貫耳。這是不屬於團隊中任何一人的嗓音，賽德里克驚覺自己被不知道隱藏在哪個角落的神祕人注視著，頓時嚇得毛髮直豎，倏地停下了手上的動作。

也管不得會吵醒艾德了，他目光如炬地迅速掃視了帳篷內一番，厲聲質問：「是誰？誰偷偷摸摸躲在這裡!?」

「怎、怎麼了？」艾德立即被賽德里克的質問聲驚醒。

同樣被驚醒的還有睡在艾德枕邊的雪糰，牠激動地拍著翅膀啾啾直叫，做出威嚇敵人的動作。驚慌之下，雪糰還渾身爆發聖光，瞬間變成一顆金閃閃的光球。

藉著雪糰發出的光亮，艾德看清楚把他吵醒的罪魁禍首：「賽德里克？你爲什麼會在這裡!?」

艾德驚呼的同時，帳篷的一角也出現了淡淡光芒，隨即一道身影從虛到實地展現了出來。

白色的髮色與衣裳，這個藏匿在暗處的人即使展露出身影，驟眼看去仍像是一抹幽靈。

「諾亞？你爲什麼也在這裡!?」艾德震驚得都破音了。

他這頂小帳篷有什麼吸引人的地方嗎？怎麼一個兩個都往這裡闖？

而且諾亞不是在精靈森林裡嗎？

心裡浮出眾多問題，艾德的腦海中混亂得很。

彷彿嫌艾德的帳篷不夠熱鬧，丹尼爾幾人聽到了他這邊的動靜，全都警覺地衝了進來：「艾德，怎麼了!?」

一個兩個三個，就只剩布倫特與幼龍不見蹤影。

小小的帳篷瞬間擠滿人，眾人大眼瞪小眼，都弄不清楚到底發生了什麼事。

「你們聚在這裡幹什麼?」替幼龍洗澡回來，遠遠便看到艾德的帳篷亮著光，而且還隱約透出不只一道人影。布倫特心裡疑惑，便拎著洗得香噴噴的幼龍進去察看。

艾德：「……」

好吧！人齊了。

03.
突如其來的告白

艾德假咳了聲，吸引所有人的注意後便提議道：「有什麼事情，我們出去再說吧！」

於是眾人便再次圍坐在火堆旁邊。

他們疑惑地對望著，都弄不清楚現在到底是什麼狀況，也不知道該從哪裡問起才好。

「我說……」

「爲什麼……」

「其實……」

沉默良久，其中幾人忍不住同時開口，聽到對方說話後又立即住嘴，於是四周再次陷入了一片詭異的寂靜。

艾德：「……」

雖然自己也是一頭霧水，可既然事情是在自己的帳篷發生的，艾德覺得自己有責任把事情弄清楚，於是擔起了詢問的工作。

他首先詢問看起來最可疑的諾亞，這人明明應該在精靈森林，怎麼會在他的帳篷裡現身？

諾亞解釋：「我看到丹尼爾遞交給陛下的報告，得知魔族出現得愈發頻繁。身爲白色使者，我有預感須要跟著你們，便追上來了。」

說罷，諾亞看向一旁的賽德里克，有點不好意思地說道：「然而我趕來以後，只看到賽德里克在看守，其他人都睡了。原本我打算明天才與你們見面，可是看到賽德里克進入艾德的帳篷，好奇之下我便跟著進去。」

艾德頷首示意了解，也不問諾亞爲什麼看到只有賽德里克一人後，要待明天才與他們見面了。十之八九是因爲與賽德里克不熟，所以不想與不熟悉的人交談吧……

話說白色使者肩負著與其他種族溝通的責任，諾亞這麼怕生，真的沒關係嗎？

只是現在可不是擔心諾亞的時候，艾德更想弄清楚到底賽德里克爲什麼會摸黑走入他的帳篷。

於是他轉向賽德里克，詢問：「賽德里克，你進入帳篷找我是有什麼事情嗎？」

賽德里克沉默半晌，這才冷聲說道：「沒什麼。」

雖然對方不想說的態度已經很明顯，然而艾德卻不能任由這次的事情就這樣子揭過。畢竟趁著自己熟睡時摸入帳篷，這實在太奇怪啦！

艾德今天都快要被嚇出心理陰影，要是不弄清楚對方的目的，他晚上都不敢入睡了！

但是賽德里克非常不合作，一直沉默以對。可這次艾德的態度卻非常強硬，一副不知道對方目的誓不罷休的模樣。

雙方就這樣僵持著，一旁的諾亞這時說道：「我知道他進入帳篷要做什麼，我都看到了。」

艾德聞言，頓時雙目一亮。

對喔！當時諾亞有跟著進帳篷！

於是艾德也不逼問賽德里克了，轉而看向諾亞，紫藍色的眼眸中滿是好奇與疑問。

賽德里克皺起了眉頭，心裡忍不住一陣慌亂。他故意用幼龍作藉口支開布倫特，便是想趁機把艾德這個不穩定的因素抹除。

回想當時他渾身殺氣地把手伸向熟睡的艾德，雖然還來不及做出任何實際傷害，然而諾亞既然出言制止，也就是說對方已經看出了不對勁……

賽德里克環視了在自己身邊的人，心裡盤算著要是諾亞把他想對艾德不利的事情說出來，到底應該怎樣應對。

現在的他孤立無援，冒險者站在艾德那邊，諾亞與艾德的關係顯然不錯。布倫特的話……即使對方與自己同為龍族，立場理應相同，可這人太過感情用事，還得愼防他隨時有反水的可能。

賽德里克暗暗繃緊了肌肉，準備隨時暴起反擊。

因為知曉眞相而成爲萬眾矚目的焦點，諾亞顯然很不自在，特別是賽德里克目光都銳利得要把他射穿似地。只是艾德是他的朋友，賽德里克的所作所爲太過分了，諾亞覺得自己有責任把眞相說出來！

於是在賽德里克殺人一般的視線之下，諾亞還是鼓起勇氣說出了看見的一切：「我看到賽德里克偷偷潛入艾德的帳篷後，默默注視了艾德一會兒，然後彎腰便要偷吻他！」

「什麼!?」

無論是艾德這個當事人、賽德里克與布倫特這兩個知曉眞相的，還是丹尼爾他們這些吃瓜群眾，聞言全都大爲震驚！

特別是賽德里克，都激動得把劍拔出來亂揮了：「這是誣衊！絕對是誣衊！」

布倫特顧不上抓住幼龍，連忙上前按住賽德里克，以免他暴起傷人。

幼龍被賽德里克激烈的反應嚇了一跳，脫離布倫特的束縛後立即躲到草叢堆裡，伸出頭顱警惕地觀察著他們的舉動。

諾亞被賽德里克的動作嚇得退後了兩步，但還是堅強地沒有屈服於強權，堅持自己的見聞：「是眞的，我都看到了……」

丹尼爾等人一言難盡地看著賽德里克暴走，心想這人總是一副看不起艾德的模樣，原來這是他用來遮掩感情的方式嗎？

這個瓜吃得値了！

布倫特因爲比其他人知道更多內情，猜到賽德里克摸進艾德的帳篷不是想佔便宜，更有可能是要對艾德不利。

然而他不能說啊！不然別人追問他賽德里克爲什麼要傷害艾德的話，這事情便更加說不清了。

其實仔細想想……將錯就錯地把諾亞的猜測承認下來，也不失爲是解決事情的好辦法。

於是布倫特用力按住激烈掙扎的賽德里克，意有所指般地勸解：「賽德里克，既然被發現了，那就好好與艾德道歉吧！」

賽德里克都快要被氣死了：「不是！我沒有！」

布倫特道：「既然你認爲自己被冤枉，那你說到底爲什麼要故意支開我，偷溜進艾德的帳篷裡？」

說到這裡，布倫特的心裡也有氣。他把守夜的工作交給對方，想不到賽德里克卻利用了自己對他的信任來作惡。

賽德里克被布倫特問得一窒。他當然不能說出眞相，結果支支吾吾了好一會，也說不出一個像樣的理由。

在眾人愈發懷疑的注視下，最終賽德里克充滿屈辱地承認：「是的……我就是喜歡艾德，想進去偷看他……但沒有要偷吻！絕對沒有要偷吻！」

只有這一點，他死也不要承認！

賽德里克默認以後，一股尷尬的氣氛瀰漫在眾人之間。

無論賽德里克強調的最後一點是眞是假，艾德都樂得把它當眞。不然眞如諾亞所說，晚上睡覺時有個壯漢進來偷吻，未免太恐怖了吧！

諾亞雖然覺得賽德里克有所隱瞞——他明明就看到對方彎下了腰要偷吻——只是他後知後覺地察覺到艾德的尷尬，也就認同了對方的說法，沒再多說什麼。

在這死寂般的氣氛下，丹尼爾率先打破沉默：「夜已深了，今晚就先好好休息吧，有什麼事明天再說！」

埃蒙立即點頭，熱情地提議：「對對！我們來幫忙諾亞搭帳篷吧！」

貝琳也微笑著來到諾亞身邊：「我也來幫忙。」

諾亞想說自己處理就好，只是搭帳篷而已，用不著這麼多人，然而婉拒的話還未說出口，便被三人拉著離開。

艾德見丹尼爾他們找了個藉口，成功逃離這令人窒息的空間，心裡羨慕得很。現在人變少，面對賽德里克時更加不自在了。

他朝對方露出一個尷尬又不失禮貌的假笑，道：「既然沒有什麼事情，那我便回去睡覺了。」

說罷，艾德向賽德里克與布倫特點了點頭，帶著雪糰回到帳篷裡。

然而剛剛表現得從容不迫的艾德，回到帳篷後便從空間戒指裡取出一枚防身結界魔晶。

封印有結界的魔晶是一次性的消耗品，艾德平常捨不得用，這次卻用得毫不遲疑。

感受到魔法波動的賽德里克：「……」

別這樣！難道你以爲我今晚還會去夜襲嗎!?

賽德里克覺得自己的名聲受到嚴重傷害，卻又無法反駁，只得鬱悶地吃下這個啞虧。

布倫特重新把幼龍抓回懷裡，此時只剩他與賽德里克二人，布倫特也不用假裝和平了，沉下了臉質問：「賽德里克，你闖入艾德的帳篷，其實是要對他不利吧？我先前已經警告過你，不能動艾德！」

賽德里克卻對布倫特的質問嗤之以鼻：「我就是要對他動手，那又如何？這人的存在對龍族來說是個隱患，既然你下不了手，那就讓我來。布倫特，如果你還算是個龍族的話，就別阻止我！」

布倫特聞言，不由得有些猶豫。

他知道賽德里克的做法對龍族來說才是最好的。只要艾德不在，那便再也沒有人會花力氣探尋當年人類滅亡的眞相。即使邪教的事背後眞的有龍族插手，眞相也會埋葬在時間的洪流之中，不會再有任何人在意。

然而這個想法才剛浮現，布倫特便把它壓了下去。他終究無法任由無辜的人受到傷害，他不是個全然正直的人，也有著自己的私心，不然他也不會隱瞞邪教的消息了。

可再偏袒龍族，布倫特還是有身爲人的底線。何況艾德是他的同伴，更是……他死去好友珍視的家人。

即使不論與安德烈的情分，艾德本身也是個很討人喜歡的年輕人。布倫特已經把艾德視爲朋友，又怎能無視對方將會受到的傷害呢？

賽德里克感受到布倫特的堅定，頭痛地揉了揉額角，覺得自從與這些傢伙同行後便事事不順。看著眼前正氣凜然的布倫特，賽德里克彷彿看到他們那位仁厚又英明的君主。

布倫特從小便仰慕龍王，就連這種嚴以律己的性格也幾乎一模一樣。龍王是個溫和的人，布倫特不知是否受到對方的影響，性格也溫和得完全不像火龍。

就是這種不必要的仁慈與憐憫，及把持本心的堅定，讓賽德里克一直看不順眼！

布倫特猜的沒錯，賽德里克這次是身懷「解決艾德」這個祕密任務前來的。只是現在別說合作了，布倫特不妨礙他就算不錯。

賽德里克煩躁地抓了抓頭髮，道：「布倫特，給一個理由來說服我不對艾德下手。」

布倫特看出賽德里克的態度軟化了，努力說服對方：「你也知道我們是在遺跡探險時，誤打誤撞喚醒了艾德，還觸發了神殿石碑的機關。光明教的力量天然剋制魔族，這個教派留下的東西很有可能是消滅魔族的關鍵。觸動石碑的魔法，則需要艾德的血液。你殺死艾德，很有可能也把能夠消滅魔族的方法一併毀掉。」

賽德里克聞言，的確被布倫特的話說服了，同時亦獲得了中止任務的藉口。於是便一副施捨的模樣頷首說道：「好吧，你說的話還是有點道理。既然如此，我便先留著他的性命，待回去以後讓羅諾德大人定奪。」

說罷，賽德里克一臉高傲地回到帳篷。

布倫特吁了口氣，心裡祈求著接下來的路程能夠一切順利。

第二天一早，眾人收拾好行裝繼續出發。

雖然團隊中多了諾亞，然而他的存在感實在太低，甚至時不時還會隱身，讓眾人幾乎快要忘記他的存在。

艾德回到帳篷後，雖然很奢侈地使用了防護結界，只是昨晚的驚嚇實在令他印象深刻，整晚無法安睡。總覺得睡著以後，帳篷裡便會有人溜進來。

即使身體已經很疲倦，可艾德卻一直睡不著。直至天快要亮了，這才敵不住倦意睡了過去。

結果可想而之，這天艾德的精神狀況一直很差，簡直是走路也能睡著的狀態。

冒險者們想到昨晚發生的驚嚇，對艾德的狀況表示理解，並且忍不住頻頻往另一個當事人賽德里克看去。

這傢伙昨晚可是親口承認了他暗戀艾德，還溜進帳篷疑似想偷吻對方。雖然礙於賽德里克不好相處，以及考慮到艾德的心情，他們不能表現得太八卦，但還是忍不住想偷偷吃瓜啊！

丹尼爾幾人的目光很隱蔽，然而賽德里克非常敏銳地察覺到了。他自然知道他們在想什麼，可除了惡狠狠地瞪回去以外，也拿他們沒辦法。

他後悔啊！早知會落到如此尷尬的境地，昨晚他說什麼也不會對艾德出手！

艾德已經睏到能夠無視賽德里克目光的地步了，現在他真的好想什麼都不管，直接躺下來睡覺。埃蒙看艾德整個人軟綿綿的，走路簡直像喝醉般歪歪斜斜，便擔心地扶著他前進。

明明埃蒙的年紀比艾德小，然而獸族的體魄可比病弱的艾德好太多了，扶著艾德根本花不了他多少力氣，埃蒙還主動說道：「你可以靠在我身上，我不怕重的。」

對方體貼的舉動讓艾德感動萬分，內心直呼埃蒙真是個天使啊！

現在艾德與埃蒙兩人已經很熟，相處也沒有如一開始般客氣有餘而親近不足，直接領謝了對方的好意後，艾德便把身體大部分的重量放到埃蒙身上，果然輕鬆多了，也不怕精神不濟的自己走著走著會摔倒。

賽德里克見艾德這副沒出息的模樣，看不過眼地冷哼了聲。覺得與這種廢柴綑綁在一起，實在是自己英明神武形象上的一大污點！

聽到賽德里克的冷哼，埃蒙瞬間想起在場人之中，還有一個艾德的仰慕者在，腳步瞬間凌亂了幾分。

自己怎會把這麼重要的事情忘掉了!?

昨天賽德里克才對艾德表明愛意，今天自己便與他的心上人親親熱熱地挨在一塊，在他看來，這形同挑釁吧？

現在與艾德保持距離，還來得及嗎？

艾德察覺到埃蒙的異樣，詢問：「埃蒙，你是累了嗎？我可以自己走。」

埃蒙道：「……沒什麼。」

埃蒙很快打消了剛剛才生起的念頭，雖然遇事時他總是習慣性地退縮，可仍是不願意因爲顧忌賽德里克的想法而疏遠艾德。

先不說賽德里克還不是艾德的戀人，就算他們確立了戀愛關係，埃蒙頂多是與艾德有身體接觸時多注意一些。他很珍惜身邊的所有朋友，絕不會因此把朋友推開！

於是埃蒙硬是頂住賽德里克炙熱的視線，在對方嫉妒（？）的注視下，繼續扶著艾德前進。

然而出乎意料之外，賽德里克並沒有因此找他麻煩，只是在身後以緊盯著他們的目光不停地刷存在感。

埃蒙本就是個善良的孩子，對方這種默默守護著心愛之人的態度讓他動容，他開始反思自己的作法是不是有些過分了？

也許應該讓艾德雨露均霑？比如每個人輪流攙扶他一小時這樣？

雖然被賽德里克的目光盯得心裡很慌，可埃蒙最終還是扛住了對方殺人般的目光，什麼也沒有說地默默扶著艾德前進。

埃蒙應該慶幸他沒有把「雨露均霑」的提議說出口，不然這麼「天才」的提案無論在艾德還是賽德里克那邊都討不了好，賽德里克說不定眞的會忍不住打他。

一行人便是在這種波濤暗湧的詭異狀況下，進入了龍族領地。

04.
龍族的情場高手

龍族是個比精靈族更加排外的種族，精靈們只是天性比較宅，其實非常友善，亦不抗拒迎接外來的客人們。

相較於精靈族的熱情好客，龍族卻顯得排外得多。這個種族高傲又充滿獨佔欲，傳說龍族之所以住在難以攀越的山峰上，便是因爲不喜歡別人闖入自己的領土。他們甚至會睡在財寶上面，確保自己的財產得到最大的保護。

可想而之，龍族的佔有欲與領地意識到底有多強。

正因如此，曾經踏足龍族領土的人寥寥可數。隊伍中除了三名龍族與諾亞這位白色使者外，其他人都是第一次踏上龍族的領地。

艾德對此有些意外，就連丹尼爾這個同樣是長壽種族、還流著王族血統的精靈族都沒有踏足過，可見進入龍族領地到底是多難得的體驗了，這讓艾德對接下來的龍族之行更加期待。

正式踏上龍族領地後，四周總是充斥著一層淡淡的霧氣，而且這些霧氣竟然還帶著隱約的魔力！

布倫特笑著指了指霧中若隱若現的山脈，道：「我們龍族平常居住在山上，只要到達高處，這些霧氣便會散了。看到中間那座山峰嗎？那裡便是陛下平常工作的地方，我先帶你們去向陛下打聲招呼吧！」

這裡山峰的形狀非常特別，又高又狹窄，看起來就像一根根擎天巨柱，非常壯觀。只是它陡峻的兩壁顯然難以攀爬，一聽說要上去它的山頂，艾德腿都軟了。

「布倫特，你家在哪？」艾德詢問，心裡祈求著布倫特的家會在低一點的地方。

雖然以龍族喜歡佔據山峰當窩的習性，艾德對此並不抱太大的期望。

果然，他不祥的預感成真了，龍族都喜歡住在高處，布倫特自然也不例外。他指了指另一座山峰，道：「我家在那裡，歡迎你們來作客。」

賽德里克見艾德一副哀莫大於心死的模樣，嗤笑道：「布倫特，只怕你歡迎他們，他們也無福消受啊！」

布倫特聞言愣了愣，直至看到同伴們盯著山峰面有難色的樣子，這才領略到他們的難處，笑道：「沒關係，我可以載你們上去。」

說罷，布倫特示意艾德等人站在原地別動，他則走到一片空地上，變回了龍形。

這是艾德幾人初次看見布倫特的龍形，是頭體型非常巨大的紅色火龍。在不同的角度與光線下，龍鱗的顏色顯現出深淺不同的紅，看起來就像燃燒著的火焰。

一雙像蝙蝠似的巨大雙翼雖然此刻並沒有完全展開，但已能想像得到當它張開時，會是怎樣遮掩天地般的壯觀。

火龍有著銳利的爪牙，頭上長有一雙堅硬尖銳的龍角，尾巴上布滿了尖刺。這種生物彷彿是以殺戮爲前提而進化出來的，渾身上下都寫著「凶猛」二字。即使不計龍族與生俱來的魔法能力，光是肉體的力量也足以讓其他種族戰慄。

這就是魔法大陸上戰鬥力最強大的種族——龍族。

變回龍形後，布倫特那雙金色的眼瞳也變成了爬蟲動物的豎瞳，讓他看起來更加凶惡。然而艾德等人並沒有因此而恐懼對方，他們知道在巨龍那凶猛的外表下，依然是他們所熟悉的溫柔靈魂。

埃蒙雙目發亮地上下打量著變成龍形的布倫特，連珠炮地發問：「哇呀！眞是太帥了！布倫特你變得好大隻！說話的音量也會變得很大嗎？你是不是願意載我們上山峰？太棒了！不過你的鱗片看起來很鋒利，我們坐上去沒關係嗎？」

貝琳按住興奮得手舞足蹈的埃蒙，無奈地安撫他：「埃蒙，你冷靜一點。」

布倫特看到埃蒙的模樣，也忍不住笑了。變回巨龍形態後，布倫特的聲量確實如埃蒙所猜測般變得響亮了起來，笑聲聽起來就像是雷聲似的。他說：「放心，我能夠控制龍鱗不傷人。」

說罷，便見火龍伏下了小山般的身體，笑著邀請：「要試一試當龍騎士的感覺嗎？」

埃蒙歡呼了聲，率先躍上龍背。就連素來表情酷酷的丹尼爾也忍不住露出了雀躍的笑容。

艾德也在眾人的幫助下，笨拙地攀爬到龍背上。原本如刀刃般尖銳的龍鱗，此時果真收起了它的銳利，完全沒有傷害到他們。

艾德想起不久前布倫特送了一些龍鱗給他，那些龍鱗離開了主人的身體後便失去了這種能夠控制著不傷人的特質。艾德從空間戒指中取出龍鱗把玩時，曾不小心被龍鱗割破了指頭，流了不少血呢。

龍背非常寬大，即使容納了四個人也不顯擠。只是讓艾德有些傷腦筋的是，被丹尼爾抓在懷中的幼龍常趁大家不注意時偷咬雪糰。

原本艾德坐在丹尼爾的身旁，眾人見狀便交換了位置，獸族姊弟隔在他們的中間。然而幼龍還是一直盯著雪糰，害小鳥緊張得炸毛了。

艾德揉了揉雪糰因爲炸起來而變得手感更好的羽毛，心裡感到很好笑。雪糰炸毛後看起來更加肥美圓潤，這不是更吸引得幼龍移不開視線嗎？

對於艾德等人爬到布倫特背上這件事，賽德里克實在沒眼看了。他無法理解布倫特的想法，爲什麼能夠毫不在意龍族的尊嚴，任由他人把自己當馬匹般騎在背上！

對於賽德里克來說，當年逼不得已地當了龍騎士坐騎的經歷，是他一生的恥辱。偏偏布倫特這傢伙卻主動當別人的坐騎，這種行爲讓賽德里克無法認同。

「布倫特，你竟如此自甘墮落，實在丟了龍族的臉！」賽德里克冷聲責罵了一句後，便變成一頭翠綠色的巨龍，拍動著翅膀飛走了。

見賽德里克如此生氣，艾德有些不知所措地說道：「布倫特，如果載送我們會讓你難做的話，那我……我可以努力試著攀上山峰的……」

說到後來，艾德免不了有些氣弱，畢竟他對自己的體力還是有自知之明的，即使拚盡全力也上不到山峰。

大不了、大不了他便不上去了，在山腳等待同伴歸來。光明神殿雖然現在納為龍族領土，但總不會也建在山上吧？

布倫特聽出艾德的心虛，忍不住輕笑了幾聲，卻沒有任何輕視之意。雖然艾德身體孱弱，力量偏向輔助，可布倫特從來沒有看輕過對方。

他覺得一個人在面對整個世界的孤獨與惡意時，依然能夠抱持著最初的溫柔和善良，這已經是非常了不起的事情了。因此布倫特從不認為艾德是個弱者，相反地，他覺得這個病弱的青年是個強悍的鬥士。

布倫特安慰艾德：「其實我們一般不會介意乘載來自其他種族的友人，賽德里克之所以如此抗拒，主要也是因爲當坐騎的經歷所影響而已。」

說罷，布倫特展開他的翅膀，往天空飛去。

這還是艾德第一次乘坐巨龍飛上天空，一開始，他完全不敢往下看，然而察覺到布倫特雖然飛行的速度很快，卻非常平穩、自己不會輕易跌下去以後，艾德便壯著膽子四處張望，很快享受起這種彷彿變成了鳥兒、自由自在翱翔於天空的感覺。

身處高空之中，的確如布倫特所說，都不受遮掩視線的霧氣所影響了。高高如尖筍似的山峰下是拱形的橋狀岩層，這些拱形的山體把又窄又高的山峰連貫起來。四周還有好幾處山體被濃烈的魔法元素整個托起，一座又一座奇異的小山體竟然懸浮在半空中，形成獨特又壯麗的景色。

布倫特感受到同伴們都很享受這次的空中之旅，這位貼心的龍族青年還特意在天空多繞幾圈，這才降落到群山環繞的其中一座山峰上。

艾德撤下了防風用的魔法護盾，在同伴的幫助下落到地面，便見龍形的賽德里克，以及一頭陌生的火龍正在等待著他們。

一邊是巨龍、一邊是人形的同伴，布倫特猶豫片刻，變回了人形站在冒險者那邊。賽德里克見狀，張嘴想要嘲諷，卻在看了看旁邊那頭火龍後，把話吞回肚子裡。賽德里克的表現，讓艾德對眼前這頭火龍的身分有所猜測。

下一秒，便見那頭火龍變成了人形，是名長相與布倫特相似、同樣有著紅髮金瞳的中年男子。

布倫特向男人頷首道：「父親，我回來了。」

男子正是布倫特的父親，他向久別歸來的兒子點了點頭，隨即轉向冒險者等人，微笑道：「我是布倫特的父親羅諾德，歡迎你們前來龍族的領地。請隨我來，龍王陛下已經在等待你們。」

賽德里克見狀，也隨之變成人形，不情不願地跟在羅諾德身後。

埃蒙驚奇地小聲對布倫特說道：「他似乎很尊敬你的父親啊！」

布倫特解釋：「賽德里克的兄長休伯特與父親從小感情很好，不是兄弟卻勝似兄弟。休伯特一直是父親的得力助手，賽德里克也是父親最信任的下屬。」

埃蒙若有所思地點了點頭，一開始聽到賽德里克的兄長是龍族長老時，他還以爲對方的地位與羅諾德平起平坐。可現在看來，似乎長老也是有分地位的高低。

這麼一來，也難怪賽德里克在羅諾德面前變得這麼乖巧了。不用羅諾德交代，還自動自發變回人形與他們同行呢！

眾人尾隨羅諾德前進，發現龍族的建築物都非常簡陋。要不用大石搭建而成，要不便直接挖空山體，或者利用山洞改建。

不過想想也正常，畢竟龍族在領地習慣使用龍形活動，其實這裡有這些適合人形使用與居住的建築物，已經令艾德感到很驚奇了。

可艾德隨即想到，龍王分裂出自己的部分龍魂來鎮壓魔族。其他龍族還能夠在領土範圍自由變換形態，但龍王卻只能保持人形。這裡的建築物，大概便是爲了龍王特意建造的。

龍族崇尚強者，身爲一族之首的龍王理應是龍族中最強大的存在。即使他現在無法變回原形，也不能讓護衛來保護他，不然龍王的顏面與威嚴只怕蕩然無存。

黃金龍一向非常稀少，龍王陛下更是目前龍族唯一的黃金龍。一直以來，龍族都是由黃金龍繼承王族之位，這倒不是因爲他們的稀少與珍貴，而是因爲他們的實力是所有龍族中最強的。黃金龍除了天生擁有稀有的光元素外，亦可以使用其他元素魔法。不像一般龍族，只侷限於單一元素。

可惜自從龍王的實力因製作結界而大幅削弱後，他的威信已大不如前，說不定還不及羅諾德這些長老。

這也是沒辦法的事，龍族素來強者爲王，即使對方是爲了世界而犧牲自己的實力，這些年來龍族也只是沒有逼龍王退位，可對方的震懾力只怕已名存實亡。

即使是不太了解龍族現況的艾德，也能想像龍王此刻的處境到底有多艱難。

因著這份認知，艾德腦海中龍王的形象是個歷盡滄桑、一臉愁容的憂鬱男子。然而看到本人時，他發現自己錯了，龍王給人的感覺與他所預期的完全不同。

龍王是個有著燦爛金髮的男子，他長得非常英俊，外表看起來三十出頭。也許因爲相貌實在太過出色，再搭配那一頭金髮及熱情的笑容，整個人看起來就像在發亮一樣！

無論怎樣看，都是個神采飛揚的人，與艾德之前想像的頹廢小可憐沒有一絲一毫的相似！

而且重點是……龍王的兩旁，各站著一個讓人無法忽視的大美人！

察覺到艾德的視線，龍王微笑地伸手攬著右邊美人的肩膀，解釋道：「這位是我的祕書。」

美女祕書媚眼如絲地向龍王甜甜一笑。

然後他又攬著左邊的：「這位是我的助理。」

美女助理嬌滴滴地向龍王拋了一個媚眼。

艾德：「……」

整個過程艾德也說不準龍王到底是在介紹二人的身分，還是在與美女調情。

好吧……既然是祕書與助理，那她們出現在書房中，是非常合理的一件事吧？

然而就在艾德說服自己龍王與兩名美女是純潔的上司與下屬關係時，羅諾德卻已經看龍王的艷福不爽，直接把話挑明：「陛下，現在是接待客人的正式場合，讓無關人等離開吧！」

兩個美人一聽到羅諾德要趕她們出去，立即露出泫然欲泣的神情。

龍王見狀，從桌面的花瓶中取出兩枝玫瑰，遞給她們道：「請別難過，雖然妳們梨花帶雨的模樣同樣美麗，可我更喜歡看到妳們的笑容。」

龍王本就長得俊美，風度翩翩地遞上玫瑰時的模樣更是美得如同一幅油畫。最神奇的是，他明明是把花朵同時送給兩個女生，可無論是祕書還是助理，都覺得自己才是龍王深情注視著的主角。

祕書率先從龍王的美貌中恢復過來，雖然不想放過任何可以待在龍王身邊的機會，可她是個聰明的女人，知道不能繼續糾纏下去，於是接過玫瑰後，善解人意地率先表態：「既然羅諾德大人有機密的事情要說，那我便先告辭了。」

說罷，她向龍王躬身行禮，恰到好處地展現她傲人的身材與優美的體態。

助理雖然不甘心就這樣退場，不過情敵表現得這般知情識趣，她也不好硬要留下，於是撥弄著玫瑰的花瓣，含情脈脈地對龍王說道：「好吧，只是陛下可別忘記明天的約會喔！」

聽見助理這麼說，祕書也不甘示弱地說道：「也請別忘了我們後天的約會。」

「當然，我怎能錯過與美女們相聚的時光呢！」龍王面不改色地微笑著送別兩個女子，一副「魚塘同時容納兩條小魚絕對是很正常」的模樣。

看著龍王遊刃有餘地搞定兩個美人，眾人皆露出了敬仰的表情。

然而接下來，龍王又提醒了舉步離開的助理：「不過明天我約的是阿加莎，與妳的約會是大後天呢！」

眾人：「……」

本以為只是兩條小魚游進魚塘，想不到對方掌管的其實是大海。

原來，這就是傳說中的海王嗎？

海中有著千千萬萬條小魚，也是很正常的……吧？

也虧龍王的記憶力這麼好，清楚記得哪一天約了誰。

兩名美女退場後，龍王責怪起羅諾德，道：「羅諾德，你不要因為自己沒有女兒，就故意為難別人家柔弱的女孩子啊！」

羅諾德臉上的笑容裂了：「柔弱的女孩子？上一次族中大賽，我記得是你的祕書拿到冠軍，助理拿到亞軍吧？」

母龍這麼凶悍的生物，你好意思用「柔弱」二字來形容嗎？

見兩人似乎要吵起來，布倫特連忙上前，好說歹說才平息了龍王與羅諾德之間的衝突。

艾德默默把一切看在眼裡，能夠看出羅諾德對龍王已經沒有了應有的尊敬，雙方之間的關係一觸即發。只是他們都有顧忌，因此誰也沒有出手，龍族這才暫時保持著危險的平衡。

可憐布倫特夾在龍王與羅諾德之間，與絕對站在羅諾德那方的賽德里克不同，布倫特對龍王非常敬重，要是雙方勢力爆發衝突，只怕他會非常為難吧……

05.
巨龍的寶藏

敏銳地察覺到艾德的注視，龍王微笑著詢問：「怎麼了嗎？」

艾德當然不會說出內心所想，他笑道：「沒什麼，只是有些驚訝陛下的聲音與我之前聽到的有很大不同。」

艾德甦醒後不久，身爲「人類」這個全民公敵的他，便爲了證明自己沒有壞心，在各族首領的見證下訂立了靈魂契約。

當時精靈、獸族與龍族，分別以不同顏色的光球形象出現，最後，還出現了一顆幻彩色調的神祕光球。

艾德已經與獸王及精靈女王見過面，可以肯定紅色光球是獸王，綠色光球是精靈女王，那麼金色光球應該便是龍王沒錯了。

雖然仔細聽仍知道是出自同一人之口，只是與現在龍王那充滿磁性、能夠讓女性光是聽到便感臉紅心跳的嗓音相比，之前金色光球傳出的卻非常沉穩，帶著令人信任的力量。

光球傳出的聲音讓艾德腦海浮現一名穩重又充滿威嚴的領導者身影，然而看到龍王本人後，發現對方比想像中親和許多、也風流得多，而且連說話的語氣都好像變得不同了？

龍王笑道：「聽說第一印象很重要，在得知世上還有一名人類尚存，我便想著要給你一個好印象。」

艾德聞言，不由得訝異。他發現龍王不僅很溫和，而且對人類似乎特別寬容？

看見艾德驚訝的模樣，龍王聳了聳肩，道：「你不用這麼訝異，我也有著人類的血統。我的母親是人類與龍族的混血兒，她更是在人類的社會中長大。如果說因爲一個人類做錯了事情，導致所有人類都是罪人的話，只怕我也同樣有罪吧？」

羅諾德皺起了眉，忍不住說道：「陛下是黃金龍，黃金龍高貴的血脈即使與其他種族結合，生下來的孩子也必定能完美地繼承黃金龍的血統！」

艾德聽後若有所思。也就是說黃金龍的血統非常霸道，雖然繁衍困難，可無論與任何種族結合，都能保證生下來的孩子擁有純粹的黃金龍血統。

龍王與父親再次意見不合，布倫特只得繼續打圓場：「人類也不全是壞人，像艾德便通過了嚴謹的靈魂契約，這段時間一直是我們對抗魔族的戰友。我們這次到來，便是要前往那片原本屬於人類的土地，那裡有我們要尋找的光明神殿遺址。」

龍王早已從布倫特的報告中知道他們此行的目的。他聞言點了點頭，並且善意地提醒：「現在已過了正午時分，你們要到那裡的話，還是明天再去比較安全。」

布倫特回答：「我也是這麼想的。」

冒險者們晉見龍王，主要是向這位龍族之首說明此行的目的，畢竟現在那地方已是龍族的領地。

既然目的已經達到，他們便沒有繼續打擾，向龍王告辭了。

而諾亞則有事留下來與龍王商討，艾德雖有些好奇，但也知道自己人類身分的敏感，便沒有多加打聽。反正事情若與魔族有關，諾亞事後應該會告訴他們吧？

離開了龍王居所，羅諾德交代布倫特安置好艾德等人，就帶著賽德里克離開。

身邊沒有外人後，丹尼爾這才道出心裡的疑問：「現在天色尚早，爲什麼要等明天才前往目的地？聽你們的對話，那裡似乎不太安全？」

布倫特臉上閃過一陣心虛，提議：「這事情一時三刻說不清楚，先到我家安頓好，我再把事情解釋給你們聽？」

埃蒙立即興致勃勃地附議：「好喔！我想到布倫特的家裡看看！」

其他人也對布倫特家很好奇，全都點頭贊成。實在是龍族太排外，他們至今不曾進入過龍族的領土，更別說看看傳說中堆滿寶藏的龍族洞穴到底是怎樣了。

畢竟龍族這種生物嘛……一般都不太好相處。他們孤僻得很，就連住的地方都各自佔一座山頭呢！

羅諾德一副歡迎他們到訪的模樣，但接待時卻不見有多眞心，還能隱隱察覺到他像賽德里克一樣，對身爲人類的艾德帶有敵意。

龍王倒是意外地平易近人，然而對方身分尊貴，他們總不能提出要到對方家裡看看吧？

因此布倫特絕對是他們用來滿足好奇心的不二人選。

布倫特對此並無異議，在確定下一個目的地位於龍族領地時，他便想著到時候要好好招待大家。聽見埃蒙的要求，便欣然應允下來。

於是布倫特再次變回了原形，載同伴們前往居住的山峰前，還順道帶他們繞了整個龍族領地一圈。

每名龍族在成年以後都會佔據一座山頭，因此他們的居所非常分散。亦因爲喜好保持龍身活動的關係，一般都是直接挖掘或以現有的山洞作爲居所。

雖然龍族沒有特別的建築可以觀賞，然而因爲經年累月有著龍氣滋養，自然環境非常獨特而美麗，眾人沉迷在美景中移不開眼睛。

龍族領地非常遼闊，再加上布倫特有意飛得緩慢，好讓大家能夠看清楚四周美景，途經環境優美的景點時，還會降落到地面參觀。因此當眾人來到布倫特家時，太陽已經快要下山。

布倫特的家位處於群山邊緣，這裡的山都像刀鋒般窄長，屬於布倫特的那座也不例外。難怪龍族領地的護衛這麼鬆懈，一路下來從未見過巡邏的衛兵，除了因爲龍族對自身的實力非常自信，也是因爲這種地理環境所致。

每一座山都又高又陡峭，不管徒步或攀爬都難若登天，即使是懂得飛行的種族想要入侵，也未必有龍族的體力可以一口氣飛上山峰。

眾人降落在山峰後，布倫特便變回了人形。埃蒙好奇地東張西望，詢問布倫特：「整座山頭都是屬於你的嗎？」

獲得布倫特肯定的答案後，埃蒙一臉羨慕地感歎：「也太棒了吧！我也好想有一座屬於自己的山啊！」

貝琳也開玩笑道：「這就是傳說中的佔山爲王了嗎？」

布倫特聞言笑了：「怎麼說得我像個山賊一樣？」

丹尼爾拍了拍埃蒙的肩膀，揶揄道：「你羨慕布倫特能夠住在山上，可如果眞的把你丟到山峰，你只會被困在上面叫天不應、叫地不靈。」

艾德也笑道：「不說埃蒙你怎麼上下山，就說讓你一個人住在山上沒人陪伴，你一定會耐不住寂寞吧？」

埃蒙想了想，也覺得獨自一人雄霸山峰一、兩天也許很爽，可是過了幾天便會感到很孤獨吧。

眾人邊走邊聊天，布倫特的家位於小叢林後方的洞穴。雖然有些龍族居住的是天然形成的山洞，然而布倫特的家卻是由他親手挖掘出來。

畢竟能夠容得下巨龍的天然洞穴可遇不可求，龍族在成年後便會選定一座山峰定居，要是那裡沒有適合居住的山洞，他們便會直接挖空山體自製一個。

布倫特的家便是他用爪子挖掘出來的，洞口沒有任何裝飾，甚至還能夠隱約見到當年挖掘時留下來的巨大爪痕，可以想像布倫特的動作有多簡單粗暴。

視線從洞口的爪痕移開，布倫特不好意思地搔了搔臉，道：「請進來吧，抱歉讓大家失望了，我家沒什麼可看的。」

說罷，便領著打量著洞口爪痕的眾人進去。

艾德才剛踏入山洞，便被一陣耀眼光芒刺得睜不開眼！

把手舉在臉前遮擋光源，待眼睛適應突如其來的光亮後，艾德這才看清楚山洞裡的情況，整個人驚呆了。

布……布倫特，你也太謙虛了吧？

這叫「沒什麼可看」嗎？

這山洞簡直就是個藏寶室啊！

布倫特的家從外面看的確只是個看起來很普通的山洞，然而堆放在山洞正中的東西，卻讓這個山洞的檔次蹭蹭蹭地往上直升！

那幾乎閃盲了艾德的光芒，正是堆放在山洞裡的寶藏散發出來的珠光寶氣！

金幣、魔法晶石、珍珠、黃金、銀杯、寶石……各種名貴珍寶像不值錢的雜物般堆放在洞穴正中央。這裡的許多寶物本應放在高級的絨布上，被人們精心收藏賞玩，然而在布倫特這裡，則是隨意丟在地上堆放在一起。

眞是人不可以貌相，布倫特這傢伙絕對已達視錢財如糞土的境界了！

隨即艾德又想到巨龍會在財寶上面睡覺的傳說，再看到這些寶藏的中心位置有一個明顯像重物壓出來的淺坑……

艾德虛弱地摀住心臟，覺得自己猜到一個不得了的眞相。

所以傳說是眞的？

眼前這些寶物……該不會是布倫特的睡床吧？

不會吧？也太喪心病狂了吧!?

雖然艾德早已聽說龍族有把寶物當床睡的習性，但他以爲用的是金幣或者是金塊之類。

拿黃金當床，這在一般人來看已經很嚇人了，可對於從小看慣好東西、備受皇帝寵愛的艾德來說，也只是小CASE。

然而這些被布倫特拿來當床的寶藏，最不值錢的便是黃金了！

看看那些作爲山洞光源、持續發著光的魔法晶石。雖然蘊含的魔力不算純粹，但龐大的數量加起來，價值實在難以估計啊！

更別提那些色彩斑斕的珠寶了……看看那枚鑲嵌在銀杯上的紅寶石，這麼純粹的「鴿血紅」非常罕見，這可是有錢也買不到的寶物。

這種令人驚歎的珍寶，在這個洞穴中隨處可見。寶藏佔地不小，幾乎鋪滿了地板，看起來就像由黃金與寶石組成的小泳池！

從小看慣各種奢華寶物的艾德都感到這麼驚訝了，可想而之丹尼爾與獸族姊弟看到這種陣仗到底有多震撼。

丹尼爾話都說得不流利了：「布、布倫特，別告訴我這是你的床！」

貝琳也傻眼道：「太誇張了吧!?」

埃蒙則是已經震驚得說不出話來，只能不停發出意義不明的驚呼：「嘩呀～嘩喔～嘩啊啊～」

丹尼爾被埃蒙發出的怪叫聲搞得心情煩躁，用力敲了敲他的頭，埃蒙停下了驚呼，委委屈屈地抱住被敲痛的頭。

不過身爲親姊的貝琳絲毫不心痛，同樣被埃蒙的鬼叫吵得頭痛的她向丹尼爾豎起大拇指：「幹得好！」

埃蒙有些不高興，但他素來不是個記仇的人，脾氣來得快，去得也快，還會自己哄好自己。很快地，他再次興高采烈地詢問布倫特那些寶藏到底是不是床，並獲得了布倫特的確認。

貝琳眼明手快地摀住了埃蒙的嘴，止住了他將要脫口而出的驚呼聲：「不許再鬼叫啦！你這種一驚一乍的毛病，到底什麼時候才好！」

埃蒙連忙做出求饒的手勢，示意自己不會再大驚小怪，貝琳這才放開了他。

看著獸族姊弟可愛的互動，艾德不禁勾起嘴角，心想在獸族這個父權社會裡，素來是男生比較強勢，可這對姊弟的相處卻完全相反，還眞是有趣。

貝琳把摀住埃蒙嘴巴的手移開後，埃蒙那張總是停不下來的嘴繼續吧啦吧啦地說話：「布倫特，我可以躺躺你的床嗎？」

要睡主人家的床，這要求聽起來很奇怪，甚至有些不禮貌。

但眾人對埃蒙的要求深表理解，實在是布倫特這張「床」太誘人了。埃蒙詢問後，連丹尼爾也忍不住一臉渴望地等待著布倫特的答覆。

布倫特想不到同伴們來到自己家後，竟然一臉渴望地覬覦自己的睡床，頓時哭笑不得。

在如此期待的目光之中，布倫特大方地表示：「沒關係，這張床足夠容納我們所有人。」

貝琳忍不住吐槽：「豈止能夠容納我們，這麼大的一張『床』，我們在上面翻滾也可以呢！」

埃蒙則歡呼了聲，迫不及待地往閃閃發光的寶藏堆撲了上去。

手腳並用地爬到寶藏的頂端後，埃蒙原本想像游泳般悠游在這片寶藏之海上，然而這個睡床雖然由眾多珍貴的首飾、擺設、金幣、寶石、魔法晶石等小東西堆疊而成，但其實滿有分量，再加上布倫特長年累月睡在其上，巨龍的重量一壓之下，小物件彼此間卡得死死的。

埃蒙撥了兩下，無法划動這些財寶，不僅無法如想像般瀟灑地完成游泳動作，看起來倒像條擱淺了正撲騰著的魚……

丹尼爾毫不留情地發出「嗤」的一聲嘲諷般的笑聲，艾德等人也是忍俊不禁。

埃蒙撲騰了一會後，便發現要挖動這些財寶實在吃力，於是他雙目一轉，變回了獸體——猞猁。

只見大貓用前肢做出游泳的姿勢，長著利爪的貓爪子比人手更有力，加上有了毛皮的保護，不怕被寶物的尖角劃傷，埃蒙竟眞的遊刃有餘地開始在寶物堆裡游起泳來！

貝琳看得心動，吸收了埃蒙的經驗後，她直接變成了獰貓，躍到財寶堆上。用前爪試探地撥動財寶，確定了力道後，貝琳也成爲了在財寶堆裡暢游的一員。相較於埃蒙一開始的笨拙，貝琳的動作顯得優雅又輕鬆。

但若仔細觀察，埃蒙「游泳」的速度比貝琳快。畢竟猞猁是天生的游泳健將，如果他們在眞正的水池中游泳，只怕兩者的差距會更明顯吧？

丹尼爾倒是對在寶藏中游泳沒有興趣，他就只是想試試在寶物上睡覺的樂趣而已。只見他輕輕巧巧便躍上寶藏，坐下後，原本淡然的表情突然顯露出瞬間的猙獰。

然而這怪異的表情很快又回歸淡然，只見他安詳地躺下後，還關心了艾德一句：「你不上來嗎？」

艾德看著對自己來說有點高的財寶堆，稍笨手笨腳地嘗試著攀上高處。然而他的動作實在太笨拙，不僅完全爬不上去，還弄出小範圍的「雪崩」。要不是一旁布倫特眼明手快地護住他，只怕艾德已被掉下來的寶物傷到了。

布倫特也被艾德這番操作嚇了一跳，因爲對他們來說這個高度眞的不算什麼，因此他完全沒有想到艾德會爬不上去，一開始便沒有出手幫忙，結果艾德差點傷到了自己。

爲免接下來發生任何意外，布倫特直接扛起艾德，輕輕鬆鬆地帶著他躍至寶藏上方。

艾德還未從「雪崩」的驚嚇回過神來，結果一陣天旋地轉後已被布倫特帶到「目的地」。

艾德愣了愣，這才反應過來：「呃，謝謝！」

道謝以後，艾德直接一臉高興地躺了下去，然後……露出了與丹尼爾異曲同工、痛苦又猙獰的表情：「哎呀！痛痛痛！」

他終於知道剛剛丹尼爾爲什麼有瞬間的表情會怪怪的了，因爲這些財寶實在太硌人！

被寶物硌到腰的艾德像個風燭殘年的老人一樣，扶著腰痛苦地緩緩坐起，並幽怨地看向丹尼爾。

之前坐在寶藏上、同樣被寶物硌到的丹尼爾，忍不住哈哈大笑。

他就是故意的！瞬間忍住痛苦收斂了臉上的神情，就是爲了引誘下一個受害者上去，看對方丟臉！

要是讓艾德看到自己痛苦的模樣，他絕對不會上來的，到時候，不就只有自己倒楣嗎？

那可不行，要倒楣的話便一起倒楣！

艾德看著丹尼爾大笑的模樣，忍不住嘴角直抽。

幼稚的傢伙！

布倫特被艾德痛苦的樣子嚇了一跳，他還弄不明白對方怎莫名其妙地受傷了，連忙上前關心：「怎麼了？扭到腰嗎？」

半埋在寶藏堆裡游泳的兩頭大貓聽到艾德的驚呼，也連忙從寶藏堆裡躍出，跑到他的身邊：「怎麼了怎麼了？」

艾德按住腰，不好意思地小聲說道：「沒事……只是躺下去時，不小心被身下的寶物尖角硌到腰……」

龍族身體素質很好，獸族則有毛皮保護，這種程度無法對他們造成傷害，因此對艾德的回答很意外。

艾德傷到的地方是後腰，他自己看不到傷成怎樣，於是布倫特幫忙掀起艾德的衣服察看，發現他的後腰被硌出一片瘀青。雖然不是什麼嚴重的傷，可看著就很痛。

埃蒙見了覺得自己的後腰也彷彿隱隱作痛：「天啊！艾德你的背都紫青了。」

其實埃蒙一開始用人形嘗試游泳時，也被身下的寶物硌得很不舒服。不過獸族比起嬌滴滴的人類與精靈族來說，皮粗肉厚得多，加上他很快便變成獸體用爪子「划水」，倒是沒有因此受傷。

貝琳則慶幸著埃蒙率先上去「犯傻」，自己吸取教訓後直接以獸體跳上去，不然以人形衝上去，說不準也會受傷。

雪糰見狀，連忙飛到艾德受傷的後腰旁。只見金色聖光閃耀，很快地，艾德的傷勢便復元了。

艾德高興地撫了撫雪糰柔軟的羽毛：「雪糰，謝謝你！」

雪糰驕傲地挺了挺胸：「啾！」

一旁的丹尼爾卻仍在幸災樂禍：「呵！沒用的艾德！」

原本艾德顧及丹尼爾的自尊心，還打算裝作沒有看到他之前的異狀，可對方竟然還特意挑釁，於是艾德也不替他隱瞞了，直接把事情挑明：「別以為你掩飾得很好，我明明看到你一開始坐下來的時候，也同樣被寶物硌到了。怎麼還好意思嘲笑我呢？」

還取笑我沒用？

我是體弱沒錯，可精靈族不也是公認的脆皮種族嗎？

半斤八兩而已，誰也別嘲笑誰！

布倫特訝異地詢問一臉不自在的丹尼爾：「真的嗎？傷得重不重？掀起衣服讓我看看背後吧！」

丹尼爾下意識地摀了摀依然隱隱作痛的屁股，一臉抗拒地道：「不用了，別聽艾德胡說，我沒事。」

開玩笑，我硌到的地方可不是後腰，難道要我當眾脫褲子嗎？

艾德似笑非笑地看了丹尼爾的屁股一眼，在對方惡狠狠的瞪視下，倒是沒有再多說什麼。

偏偏還有一個不懂得看人臉色的埃蒙，他關心地詢問：「真的嗎？仔細看，你的姿勢有點僵硬，不像沒事的樣子啊？」

貝琳嘆了口氣。傻弟弟啊……你可長點心吧！

丹尼爾這傢伙死要面子，見埃蒙懷疑，他更加堅定地表示：「當然！今晚我還要在寶藏上睡一夜呢！」

艾德一臉無言，心想：你大可不必……

躺一晚的話，不只屁股痛，只怕你整個人都要廢了吧？

這是何苦呢？

傻孩子埃蒙聽丹尼爾說得篤定，便完全相信對方的說辭了，而對方的豪言壯語更讓他雙目一亮：「我也想睡在寶藏上面！貝琳要一起嗎？」

貝琳卻再一次向布倫特確認：「布倫特，你眞的沒關係嗎？」

實在是龍族喜好閃亮的事物，更視財寶如命，要是其他龍族得知自己的寶藏被別人覬覦，必定勃然大怒。

貝琳不希望布倫特爲了遷就他們，而選擇勉強自己。

然而布倫特在族中本就因爲古怪的性格而出名，再加上他早已把冒險團的伙伴們視爲親人，只是把寶藏分享給他們躺一晚而已，對他來說也不是難以接受的事情，便大方地表示：「沒關係，我算是一盡地主之誼。」

獸族姊弟頓時歡呼了聲，丹尼爾則是勉強露出一個皮笑肉不笑的笑容，倒是艾德坦然拒絕道：「我就不睡在上面了。」

丹尼爾冷笑著嘲弄：「呵！真沒用！」

艾德微笑道：「我當然沒有你這麼強，可以在寶藏上躺一晚。」

丹尼爾立即想起剛剛撂下的話語，硬著頭皮說道：「當、當然！」

06. 翼骨

玩鬧間，一陣「咕嚕咕嚕」的奇怪響聲傳來。艾德疑惑地往聲音來源看去，便見埃蒙不好意思地揮了揮爪子，道：「抱歉，是我的肚子在叫……」

艾德聞言，這才發現天已經黑了。

看到寶藏的新鮮勁過後，加上又有埃蒙肚子的交響樂提醒，他好像也感覺有些餓了呢！

正好此時來了及時雨，羅諾德傳來訊息，說會讓人送來一頭高級魔獸，讓布倫特好好招待他們這些客人。

雖然羅諾德的做法看似體貼，然而有比較有傷害，相較於獸族與精靈族的熱情款待，龍族對待客人的態度卻顯得很高冷了。

不過被對方如此冷待，艾德反而鬆了口氣。

畢竟龍族對待外來者本就稱不上友好，硬是讓對方不情願地接待，雙方都會覺得難受又尷尬。若要與合不來的人來一場虛偽又客套的飯局，艾德寧願與同伴們開開心心地吃。

再加上艾德回憶到上次在精靈森林裡，精靈族的歡迎宴會上所發生的事，接著又回想起了上上次在獸族領地那裡，歡迎宴會時的亂狀……

艾德：「……」

總有刁民想害朕。

好像每次舉行歡迎宴總會出事，艾德實在不想經歷第三次了，因此他覺得龍族能省略這些流程也挺不錯。

然而身為東道主的布倫特卻不這樣想，他覺得族人對艾德他們的態度實在敷衍又冷淡。

龍族本就排外，只有強者才能獲得龍族的敬仰。像艾德這種祭司，是在戰場上以輔助為主的職業，更難以得到龍族的重視。

一開始，布倫特也認為祭司的存在可有可無，但經歷過在有艾德的輔助下與魔族作戰，簡直為他打開了一道新世界的大門。他這才知道還能夠有那樣的作戰方式，沒有後顧之憂的戰鬥竟然這麼爽快！

艾德是強者，更是與他共同抗敵的戰友，不應該受到如此冷待。

幸好接下來的一道魔法通訊讓布倫特心裡好過不少——龍王特意邀請眾人到他家共進晚餐。

至少有一名龍族的高層，對艾德他們這些客人表現出不那麼高傲的態度。

然而在聽見布倫特說要帶大家到龍王居所時，艾德並不因此感到高興，反而露出一副憂心忡忡的模樣。

猶豫片刻後，艾德忍不住詢問布倫特：「我們去赴約沒關係嗎？會不會令你難做？」

布倫特還未說話，心直口快的埃蒙已吐出詢問：「爲什麼會這樣問？」

貝琳嘆了口氣，眞不想承認這個傻孩子是自家親弟：「我認爲原因顯而易見，因爲布倫特的父親與龍王陛下不對盤。」

埃蒙不高興地抿起了嘴，申辯：「這一點我當然也看出來了，可是龍王陛下現在無法變回原形，龍族應該都是長老們說了算。即使布倫特赴約，也不用擔心龍王陛下會欺負他啊！」

貝琳恨鐵不成鋼地解釋：「布倫特是羅諾德的兒子，很自然地天生便屬於家族陣線，可也要看他自己的想法。你不覺得布倫特與龍王之間的相處沒有絲毫火藥味，完全不像是敵對關係嗎？」

布倫特聽著同伴們談論族中的事，不由得嘆了口氣，想不到就連剛踏入領地不久的他們，也察覺出龍族的不和了。

這麼明顯嗎？

再想到父親數次當著眾人頂撞龍王……好像還眞的滿明顯的。

艾德想了想，道：「其實，我覺得龍王陛下倒不像大家所想像般弱勢。」

丹尼爾笑道：「怎麼可能！雖然我也很敬重龍王，可是有一說一，現在他的實力在龍族中墊底，甚至因爲是唯一的黃金龍，所以背後沒有家族幫助，那麼龍王陛下的依仗是什麼？就憑那兩位愛慕他的美人嗎？」

原本丹尼爾只是開玩笑，可艾德卻點頭道：「這麼說也對。」

除了知道內情的布倫特，眾人一開始都以爲艾德是順著丹尼爾的話也在說笑而已，然而對方一副煞有介事的模樣，他們又不肯定了。

艾德解釋：「你們以爲龍王陛下所依仗的，就只有他的一身武力嗎？不，還有更重要的，便是黃金龍的血統……就像剛剛丹尼爾所說，這一任的龍王，是世上最後一頭黃金龍，對吧？」

眾人很快便領悟過來。黃金龍血統珍貴，龍王陛下現在的實力不行了，但還是可以寄望他的孩子。

只要他的孩子是黃金龍，那終會成爲龍族之王。顧忌這一點，羅諾德那邊也不會輕易與他撕破臉。

身爲曾被逼婚的受害者，貝琳不禁擔心起龍王的處境：「所以龍王要以自身的血統作籌碼，來討好族中那些未婚女性與她們的家族嗎……也太慘了吧？」一代君王淪落得出賣色相，想想便覺得可悲。

艾德哭笑不得地說道：「妳想多了，龍王陛下可聰明了。你們不見他左右逢源，卻一直不表態嗎？黃金龍的血脈對於龍族來說，就像世上最美味的魚餌，把魚群引得團團轉呢！」

說罷，艾德又道：「而且我不覺得龍王有多屈辱，看起來他挺樂在其中的。」

眾人回憶起龍王左擁右抱兩位美人時的模樣，頓覺艾德說的話很有道理。

布倫特有些意外地看了艾德一眼，想不到他這麼敏銳，而且的確如艾德所說，龍王爲人本就風流，對於現在被眾多美人爭奪的狀況，其實確實挺享受的。

只是近年支持與反對龍王的雙方衝突愈發激烈，龍族內部也只是保持著表面的平靜而已。布倫特對此實在感到很糟心，也不知道這情形什麼時候能到頭？

眾人談論完龍王的八卦後，不約而同地看向了布倫特，交給他決定接下來的晚餐行程。

布倫特還是覺得同伴們理應獲得族人的歡迎，龍王的態度明顯有心多了，於是他便聯絡賽德里克讓他不要送魔獸肉過來了，眾人前往龍王的居所赴約。

冒險者們步入餐廳的時候，龍王正與諾亞在閒聊，看到艾德等人後便露出一個笑容。

即使同爲男性，艾德也忍不住因爲龍王的一個微笑而臉紅心跳，實在是這個男人太帥了！

眞是要命啊！希望別人不要以爲自己是個變態就好……

不過經艾德偷偷打量後，發現丹尼爾他們不比自己好到哪裡去，瞬間坦然了。

有些美是無關性別的，即使是同性也能夠讓人感到驚艷。龍王就是這麼神奇的存在，絕對不是他們變態！

晚餐的主菜是龍族領地特有的魔獸肉，這種魔獸雖然長相有些醜陋，然而肉質鮮嫩，只是簡單的烹調便已是讓人恨不得吞掉舌頭的美味了。

當然龍族沒有忘記茹素的精靈族，桌上還備有一些素菜。只是龍族的烹飪技巧實在單調，這些素菜的味道只能說很一般。

龍王這人沒什麼架子，晚飯時與眾人談起一些龍族的風土民情，更聊起龍族平常在領地中都是以龍形來進行狩獵，最愛的便是捕獵這種魔獸。

龍族在巨龍形態時都是生吃獵物的，就只有火龍有時候會爲了換一下口感，選擇用龍焰把魔獸肉火烤一下。

聽到這裡，眾人總算明白爲什麼龍族的烹飪技巧如此單一了，實在是因爲他們平常都是直接生吃的啊！

因此雖然這頓晚餐的烹調方法很單調，艾德幾人卻沒有絲毫的嫌棄。畢竟相較於入鄉隨俗地血淋淋啖生肉，能夠吃熟食已經很幸福了。

龍王很歡迎艾德這些外來者，自從實力大減以後，他便一直處於與長老們的勾心鬥角中，難免感到有些疲憊。難得來了與權力爭鬥無關的外人，龍王很樂意認識一下新朋友。

同樣地，艾德他們也對龍王的印象很好。對方長相俊美，雖然已不算年輕，然而成熟的外貌卻完全無損他的魅力。即使不說話，光是看著龍王的外表便令人覺得賞心悅目。

更別說這位龍族之王上知天文、下知地理，不僅談吐高雅，舉手投足間更有著一股說不出的風流瀟灑。

而且他還非常體貼，言談間沒有冷落任何人，說的都是大家感興趣的話題，與他聊天簡直是一種享受。就連怕生的諾亞，竟也很快地與龍王變得熟絡起來。

一頓晚飯賓主盡歡，布倫特也順道向龍王報告他們接下來的行程：「我們接下來的目的地是光明神殿的舊址，根據之前石碑上的聖光所指示，它應該位處於不淨之地。」

龍王訝異地看向冒險者們：「你們要前往不淨之地？」

艾德等人面面相覷，他們既不知道二人所談論的「不淨之地」是什麼，更不知道龍王爲什麼會如此驚訝。

看到眾人疑惑的神情，龍王了然地對布倫特說道：「你還未告訴他們。」

雖然是問話，然而話裡的語氣卻很肯定。

布倫特有些心虛地看了艾德一眼，嘆了口氣道：「不知道該怎樣開口。」

說罷，布倫特便向對此一無所知的艾德解釋：「其實我早就想告訴你，只是每次都覺得還不是時候，結果拖著拖著更加找不到合適的時機，真不是想要瞞著你的。」

「那地方是有什麼不妥嗎？」見布倫特努力打補丁的模樣，艾德心生不祥預兆，他們將要前往的目的地只怕有什麼問題。

不淨之地……怎樣想都不是個好名字。

布倫特也知道現在不說不行了，便坦白道：「你們也能夠看出來，我們龍族喜歡住在人跡罕至的高山上。因此接收了部分人類的領土後，這些土地不適合我們居住，便一直空置著……」

艾德聞言點了點頭，對此並不覺得意外。龍族就像精靈族一樣，對於居住的地方有著特定的要求。加上長壽種族的出生率一向較少，因此人口並不多。即使獲得再多的土地也沒有用處，把到手的人類領土直接空置處理也是人之常情。

只是艾德心知沒有這麼簡單，空置一片土地不足以讓布倫特如此難以啓齒。

然而布倫特接下來卻轉了一會話題，詢問艾德：「你還記得我曾經告訴你們一件龍族的神祕事件——當年龍族一頭以幼崽爲食的母龍，畏罪自殺後屍體被焚燒、屍骨散落懸崖，而後卻依然有幼龍失蹤，母龍自殺的地點還經常出現悲鳴的聲音，以及有不少人能夠看到骨龍的出現？」

艾德雖然不明白這則鬼故事與他們要前往的神殿有什麼關係，但仍是點了點頭道：「記得，你還說這狀況持續了一段時間，龍族一直對此束手無策。後來骨龍突然消失，一切恢復了平靜。」

「其實……這些異常不是莫名消失的。」布倫特嘆了口氣，道：「當年龍族猜測骨龍的出現是母龍的怨念所造成，於是他們打算調查她那些散落的骸骨。龍族的骨頭很堅硬，即使用龍焰也無法將其焚燬。大家想著雖然有些麻煩，但用心去找的話也不是不能把散落在崖底的骨頭找回來。」

頓了頓，布倫特終於道出了他一直吞吞吐吐的原因：「出於對潘蜜拉……也就是那頭母龍的厭惡，當年丟棄她的骨頭時，族人特意找了一處遠離居住地的偏遠懸崖。那處懸崖的下方，正好便是從魔族處收回的人類領地，也是我們接下來要前往的奧斯維德城。」

一旁的丹尼爾忍不住詢問：「所以這對我們的行程有什麼影響嗎？難道龍族最終沒有找到骸骨？」如果找到並成功解決事情的話，布倫特也不會特意提及了吧。

布倫特苦笑著點了點頭：「是的，族人找遍整個崖底，都沒有找到潘蜜拉的骸骨。明明龍族的骨頭體積不小、數量又多，可竟然在找了一遍又一遍以後，才終於找到一節翅膀的骨頭。除此之外的其他部分卻像平空消失一般，怎樣也找不到！而且……一些曾目擊過骨龍的族人仔細回想，好像他們所看見的骨龍翅膀確實少了一根骨頭。」

聽到這裡，怕鬼的艾德頓覺毛骨悚然。

母龍的骸骨失蹤，只找到一根翼骨。偏偏神祕出現的骨龍的翅膀正好缺少一根骨頭……細思極恐啊……

這年頭，死掉了還燒得只剩下骨頭，也能夠到處亂跑的嗎!?

布倫特續道：「我們發現那根翼骨不知爲何帶著濃濃的死氣，也許因爲潘蜜拉死去時怨念太深，因此骸骨吸引了死氣的依附？說不定人們看見的骨龍其實是她變異成魔族後的一個形態，就是不知道怎會遺漏那節骨頭。無論如何，這節翼骨應該與作惡的骨龍關係匪淺，於是族人嘗試利用它來牽制骨龍。」

貝琳則敏銳地抓住了重點：「所以，那根骨頭是平息骨龍騷亂的關鍵？你們怎樣處理那骨頭了？」

布倫特歉意地看向艾德，道：「找到骨頭時，族人更發現了崖底留下來的人類神殿遺址，並發現神殿的石碑能夠壓制骨龍的死氣。於是……他們便把翼骨埋在石碑下面，利用石碑的力量鎮壓骨頭上的死氣，想不到眞的成功了，從此以後骨龍再也沒有出來作亂，族中也不再有幼龍莫名其妙地失蹤。」

雖然已經有所猜測，可聽過龍族的一連串操作後，艾德還是免不了心生怒意，深呼吸了幾口氣，這才止住了想罵人的衝動。

光明神殿裡那些雕刻著祈禱文的石碑，是神殿中除了代表光明神的八芒星雕像外，最爲貴重的物件。

所謂的「貴重」，並不是指金錢所能代表的價值，而是石碑在每個光明神教徒的心目中，都有著特殊意義。因爲人們剛開始成爲信徒的時候，都是在祭司的教導下跟隨著石碑上的禱告文學習禱告的，因此這些石碑承載著人們作爲教徒的最初的回憶。

龍族的做法對光明神教徒來說，是把他們重視的珍貴之物改造成罪人的墓地。即使龍族也許無法理解石碑對他們的意義，可是神教重要的東西被人如此踐踏，艾德還是既生氣又難過。

然而眞要說起來，其實龍族也算不上有什麼過錯。人類已經滅亡，石碑所處之地也成爲了龍族的領地，龍族當然可以隨意處理領地內的事物。

道理上是這樣沒錯，可人總有情緒，艾德花了些時間才壓下心裡的難過與怒意，並且暗暗下了決心，正好藉著這次的機會看看能否解決翼骨的問題，好解放多年來壓制著翼骨的石碑。

只是若要這麼做，必定得獲得龍族的允許。於是艾德向龍王提出了請求；龍王也樂意借艾德這個祭司的手徹底解決骨龍作亂的問題，表示只要確保骨龍不再作亂，他想怎樣處理石碑都可以。

待眾人的對話告一段落，一直默默吃著晚餐的諾亞這才舉起手，並小聲說道：

「我也想跟著你們一起去看看……」

艾德訝異地詢問：「你想看的是翼骨嗎？還是教廷的石碑？」

「都想看看。」諾亞道：「還有接下來的旅程，我也想與你們一起走。星象顯示出世界的格局將發生改變，你們正是這場變化的關鍵。身爲白色使者，我須要親身去做見證。」

艾德聞言精神一振，略帶急切地詢問：「難道我所獲得的記憶，對消滅魔族有所幫助？」

雖然艾德是這個世界上最後一個人類，且因他的祭司身分而備受各種族的關注，甚至還派了冒險小隊陪同他尋找遺失的記憶。可是大家都不確定這些記憶對於對抗魔族能否起到用處，只是艾德能夠在當年的浩劫中存活下來，實在太特殊了，眾人不想放過任何的可能性。

有時艾德也會對自己的做法產生動搖，他們花費這麼多時間與力氣尋找眞相，到頭來會不會全是無用的？也許到最後，眞相就只是單純的「人類邪教實行的愚蠢計畫」，而他們也無法從中找到任何有用的線索？

面對艾德充滿期待的眼神，諾亞卻搖了搖頭，解釋：「我只能確定變化就在近期，而你們是這次改變的關鍵。然而這變化是好是壞，卻說不定了。」

也就是說，迎接眾人的未來也許是找到了斬斷深淵與魔法大陸連接的方法，從此魔族被驅逐，皆大歡喜。

但也有可能是結界破碎，魔族從深淵大舉闖入，魔法大陸生靈塗炭。

可現在白色使者的預言中，卻指出了他們是改變世界的關鍵。也就是說無論成與敗，世界的未來都與他們接下來的選擇有關，這讓眾人不由得壓力山大。

諾亞提出的同行請求，他們自然是歡迎的。他們與諾亞相處得不錯，何況有了白色使者一起行動，他們也更能放心。

於是布倫特作為冒險小隊的代表，上前伸手與諾亞一握，表示對白色使者的歡迎：「我明白了，那接下來的旅程，請你多多指教。」

晚飯後，龍王邀請一眾客人在他家過夜。畢竟布倫特的家是以主人的龍形狀態來布置，並不適合人形客人居住。

相比之下，無法變回巨龍形態的龍王的居所，顯然更適合這些外來的客人。

然而獸族姊弟心心念念著要在寶藏上睡一晚，便婉拒了龍王的好意。丹尼爾想到自己之前撂下也要在寶藏上睡覺的豪言壯語，高傲的自尊心讓他做不出裝作忘記這種事情，也同樣忍痛拒絕了這個誘人的提案。

艾德見同伴們都拒絕了，他自然與眾人同進退。畢竟他與龍王不熟，與對方單獨相處頗爲尷尬。

至於諾亞就更是不用說了，雖然他與龍王相處融洽，但對於怕生的他來說，還是與早已相熟的冒險者待在一起更加舒心。

於是，與龍王告辭後，眾人便回到了布倫特的家。

再次回到堆放著寶藏的洞穴，眾人確實感受到爲什麼龍王要留他們一宿了。布倫特平常在這裡都是以巨龍形態生活，洗漱飛至外面的河流，吃飯也是在外頭直接捕獵，因此家中只有堆放著的財寶，連家具都沒有。

所幸布倫特的家很大，而且空曠，艾德乾脆在寶藏旁架起了帳篷，直接在山洞裡露營。

諾亞見狀也比照艾德的做法，同時對那位堅持要睡在寶藏上的同族的作死行爲表示完全不理解。

在艾德要回帳篷休息時，諾亞叫住了他，並拿出一個絨布袋遞過去：「得知我獲得了新的預言，將會離開精靈森林尋找你們時，生命之樹託我把這東西轉交給你。」

艾德接過絨布袋，好奇地取出裡面的東西，竟是一截銀白色的樹枝！

樹枝只有一根手指左右的大小，精緻漂亮得仿如藝術品。然而艾德卻知道這不是人爲精心雕琢出來的產物，而是天然形成的物品。

因爲艾德曾見過類似的東西——同樣漂亮奪目的銀白色樹枝被製作爲飾物佩戴在

精靈女王身上——那是來自生命之樹的樹枝！

即使只是一截小小樹枝，已蘊含了驚人的生命能量。生命之樹有著生生不息的生命力，枝葉並不會像尋常植物般枯萎掉落。因此這根樹枝只能是生命之樹自主掉落，或者被別人強行折斷的。

鑑於精靈族對生命之樹的重重保護，並且是由絕不可能會傷害生命之樹的白色使者帶來的，也只有是前一個可能了。

艾德訝異地詢問：「交給我是要做什麼嗎？」

諾亞對此卻不太清楚：「祂只交代讓我把東西給你而已……也許是禮物？」

艾德受寵若驚地道：「也太貴重了吧!?」

雖然艾德有些猶豫，不過在諾亞的堅持下還是把樹枝接了過來。只是他卻沒有把它當成是自己的東西，只打算代為保管，待旅程結束後再次拜訪精靈森林，好好問清楚生命之樹再說。

但在觸碰到樹枝的瞬間，艾德耳邊卻響起了生命之樹的嗓音——

人類之子艾德，我予你祝福。

艾德愣了愣，隨即打消了剛剛那要歸還樹枝的念頭。這截樹枝原來是生命之樹給予的祝福，既然是「長輩」的一番心意，還回去就太不禮貌了。

二人談話之際，貝琳與埃蒙已變成了兩隻大貓，高高興興地跳到寶藏上躺下。丹尼爾也輕巧地躍到上面，臉上閃過一陣猶豫後，以一副視死如歸的神情躺了下去。

艾德看得一臉黑線，心想——其實你睡帳篷也不會有人說什麼的，眞的不用這麼認眞，眞的。

布倫特待眾人安頓好後，便變成了巨龍走到財寶上躺下。尾巴小心翼翼地把同伴們圈在中央，以免自己睡著後不小心壓到了人。

看見布倫特的舉動，艾德忍不住想起龍族守護寶藏的傳說。眼前這一幕，不正是布倫特在本能地守護著他珍貴的「寶藏」嗎？

07.
奧斯維德城

第二天一早，艾德是被丹尼爾的呼痛聲吵醒的。

慘烈的痛喊把艾德嚇得連衣服也顧不得穿好，披著外衣直接衝出了帳篷。

結果循著聲音看過去，抬頭便見丹尼爾坐在堆得高高的寶藏上，一臉猙獰地摀著腰喊痛。

艾德：「……」

因為剛睡醒而略微遲緩的大腦頓時清醒，艾德這才想起丹尼爾昨晚的堅持，對於對方現在這副模樣完全不感到意外。

眞的，何苦呢？

其他人也被丹尼爾的呼痛聲吵醒，布倫特變回了人形，上前想要扶起丹尼爾，然而丹尼爾一發力，臉上的表情更猙獰了幾分，顯然被寶藏硌了一整晚的腰痛得不行，竟完全站不起來。

一旁的獸族姊弟也想幫忙，可他們才剛站起身，也發現自己竟一陣腰痠背痛。他們雖然有獸毛的保護，然而獸族又不是像龍族那般銅皮鐵骨。在堅硬又凹凸不平的寶藏上睡了整整一晚，自然不會舒服到哪裡。

雖然沒有丹尼爾那麼嚴重，但也足夠他們受了。

布倫特頓時手足無措，一時之間不知該先照顧誰。

因為放棄了寶藏，選擇睡在帳篷裡而逃過一劫的艾德與諾亞，彼此交換了一個好笑又無奈的眼神。

丹尼爾脫口喊出的呼痛這麼響亮，自然也把雪糰吵醒了。牠拍動著翅膀飛到艾德肩上，歪著頭好奇地打量因腰痛而姿勢奇怪的三人。

艾德原本想上前幫忙，這種小狀況只一道聖光便能治好，不過為免丹尼爾再次惱羞成怒，艾德還是止住了想要治好傷患的衝動，摸了摸雪糰，道：「好孩子，拜託你了。」

雪糰領會艾德的意思，飛到寶藏上方繞著三人飛了一圈，金色的聖光如星星般灑落，很快便治好了三人的不適。

丹尼爾本就很喜歡雪糰——儘管他本人從不承認——這次雪糰體貼地治好了他，

且免去了他的尷尬，令丹尼爾看向艾德的眼神更加羨慕了，表情活像個盯著小三看的怨婦。

明明是他先與雪糰認識，怎麼對方就是認準了艾德呢？

一旁的獸族姊弟伸展了下身體，高興地發現自己完全不痛了。艾德的注意力頓時被兩隻伸懶腰的大貓吸引。貓咪的這個動作實在太可愛啦！

誰知貝琳與埃蒙在伸展的過程中，突然不約而同地變回了人形。貝琳身材好，伸懶腰的動作更凸顯她的玲瓏有致。可憐艾德毫無準備之下看到了這麼火辣的一幕，立即滿臉通紅地移開視線。

丹尼爾見狀，「嗤」的一聲嘲笑道：「純情處男。」

艾德挑了挑眉，反駁：「難道你不是嗎？」

獨角獸都把你的底試出來了。

這裡除了布倫特，誰不是「純潔」呢？

不……還有一人……

艾德好奇地看向諾亞，他記得在他們興沖沖地被獨角獸「驗明正身」時，諾亞可是坐在馬車裡沒有出來。所以說不定……

丹尼爾看出艾德所想，不高興地警告：「諾亞大人還未成年，收起你這齷齪的想法！」

艾德委屈地瞪了丹尼爾一眼，心想——

不是你先挑起這個話題的嗎？怎麼現在又變成我思想齷齪了？

我只是在合理懷疑而已啊！

不過原來諾亞以精靈族的年紀來說，還是個未成年，那麼他應該也是「同伴」了，對吧？

這裡的「同伴」並不是指一起旅行的伙伴，而是可以一起騎獨角獸的同伴。

然而艾德隨即又想，即使未成年也不能夠代表什麼啊！以往在皇城，有很多貴族都是年紀輕輕已經……

咳咳！住腦！住腦！

此時獸族姊弟也離開了寶藏堆，見艾德臉紅紅地不知在想什麼，埃蒙有些擔心地湊了上去：「艾德，你不舒服嗎？該不會發燒了吧？」

艾德假咳了聲：「沒什麼……」

說罷，艾德生硬地轉移了話題，詢問布倫特，道：「我們一會便出發往奧斯維德城了嗎？」

布倫特笑道：「吃過早餐後便出發，以巨龍的飛行速度，我們在中午前就能到達神殿附近。」

雖然奧斯維德城現在已經變成龍族的領地，卻不代表那裡與龍族世代生活的土地一樣充斥著龍族氣息。因此布倫特只能在城的邊界變回人形，要前往那座廢棄的人類城鎮，他們還得徒步走上一段路。

決定了接下來的行程後，他們先要解決早餐。這次沒有龍王邀請，布倫特原本打算親自外出獵捕魔獸回來，一盡地主之誼。

他正要出門，便見賽德里克扛著一頭魔獸過來了。

賽德里克臭著一張臉，顯然非常不願意爲艾德這些外來者當跑腿。把魔獸交給布倫特後，他道：「這是羅諾德大人讓我交給你們的，心存感激地吃吧。」

艾德心想：昨天龍王招待了自己這一行人後，賽德里克一早便直接帶著魔獸跑來了呢，還眞是完全不願意落後啊……

不過比起龍王的親自招待，羅諾德卻還是放不下身段，只指使手下前來示好，便顯得有些誠意不足。

之所以態度如此敷衍，大概也是羅諾德認爲艾德幾人不值得花心思拉攏吧？艾德甚至認爲要不是諾亞這位白色使者在，對方連理都不會理他們。

然而艾德這次卻猜錯了，因爲賽德里克這次前來，有部分原因是因爲艾德。他交出魔獸後沒有離開，反而向眾人提出了同行的要求。

布倫特想也不想直接拒絕了，畢竟從初次見面起，賽德里克就從沒掩飾過對艾德的敵意。

即使賽德里克曾親口對艾德表達出愛意，可除了埃蒙，只怕隊伍中誰也不會相信他的鬼話。賽德里克分明很厭惡艾德，他寧願撒這麼令人尷尬的謊也不願意說出眞相，可以推斷當時他摸進艾德帳篷裡準沒好事。

布倫特的拒絕在賽德里克預料之中，他氣定神閒地提出一個冒險者們無法拒絕的理由：「羅諾德大人得知你想處理被封印的骨龍翼骨，爲免你的行動爲龍族帶來危險，讓我過來監察整個過程。」

雖說石碑本是光明教的東西，可現在連神殿都成爲了別人的領土，再加上翼骨的存在危及龍族的安危，羅諾德的擔心的確合理。

爲了避免節外生枝，冒險者們最終答應了賽德里克同行的要求。

賽德里克滿意地點了點頭，又道：「另外，羅諾德大人還建議你們這次接觸石碑時，可以測試一下石碑到底是否只有艾德才能開啓。例如先保存著艾德的血液，試試用它來啓動石碑的魔法？」

布倫特聽到賽德里克的話，立即投以警惕的視線。回想之前自己利用「只有艾德才能觸發石碑的魔法」來說服賽德里克不再對艾德下手，布倫特總覺得對方這個提議不安好心。

不過艾德卻很認同羅諾德的建議，要是存血的方法可行，萬一他將來出了什麼意外，同伴也能利用他的血液繼續獲取人類留下的線索。

於是艾德爽快地應允：「好的，那我先割出點血，到時再試試看別人能否用我的血啓動石碑。」

說罷，艾德很乾脆地取了一些血液，賽德里克準備充足地提供了一個由魔法晶石雕刻而成、有著保鮮功效的小瓶給艾德，讓他將血液存放在裡面。

水晶瓶子體積不大，很快便填滿了。當艾德把瓶子交還給賽德里克時，布倫特卻伸手把瓶子接過去：「我來保管吧。」

東西由布倫特保管，艾德自然是放心的。賽德里克聳了聳肩，也沒提出異議，於是布倫特便把裝有血液的瓶子收了起來。

出發前，眾人終於吃了一次龍族的特製燒烤——宰掉獵物後，由布倫特這頭火龍直接噴火烤熟獵物。

雖然製作過程簡單，但肉是真的好。賽德里克帶來的這頭魔獸在龍族領地中，是屬於比較珍貴、難以捕獵的品種，平常龍族想吃也不是這麼容易的。對於艾德這些外來者而言，更是人生中第一次品嚐到的美味。

賽德里克以一副理所當然的模樣加入了早餐會，厚顏無恥地蹭了一餐。眾人之中最藏不住情緒的埃蒙不禁看了他好幾眼，心想：你不是來送貨的嗎？怎麼自顧自地吃起了我們的早餐!?

賽德里克無視埃蒙的目光，吃得津津有味。其實他出門前已經吃過早飯，可這魔獸實在難得，賽德里克不吃白不吃。至於艾德他們怎樣想，他可一點兒也不在乎。

艾德不由得暗裡搖了搖頭，心想以賽德里克目中無人的態度，羅諾德即使送來了珍貴的魔獸肉，卻完全達不到拉攏他們的效果，不得罪人已經很好了。

難怪龍王即使實力大減，可羅諾德這麼多年也無法把人扳倒。除了因爲族人顧念龍王的恩情及黃金龍的稀有血統外，也因爲羅諾德那伙人的態度實在過於高傲、不得人心吧？

吃過早飯後，眾人便出發前往奧斯維德城。

布倫特再次化成巨龍，讓同伴們乘坐到他的身上。賽德里克見狀不屑地撇了撇嘴，隨即也變成巨龍尾隨在他的身後。

奧斯維德是唯一鄰近龍族領地的人類城鎮，亦是「盛產」龍騎士的地方。當年有不少人類強者會來到這裡與龍族立下契約，從此成爲生死與共的戰友。

賽德里克多年前也是在這座城鎮與一名人類青年訂立契約，並且在這生活了數百年時光。

人類是一個奇特的種族，他們大多數弱小，卻有某些個體特別強大。賽德里克覺得這個種族之所以一直沒有沒落，也許都是托這些強者的福吧？

與賽德里克簽訂契約的騎士便是人類中的強者，這同時也是賽德里克痛恨的一點。除了對方實力強大得足以壓制他以外，更是因爲強大的實力大大延長了對方的壽命，害他困在這身分這麼久的時間。

雖然對於龍族來說，數百年的光陰算不了什麼。然而賽德里克實在太討厭那個壓在他頭上的人類了，他迫不及待想要脫離對方的掌控，在這裡生活的每一天都是煎熬。

因爲對龍騎士的厭惡，以及成爲坐騎的屈辱感，在對方終於老死以後，賽德里克便立即返回龍族領地，連對方的葬禮都沒有參加。

之後這麼多年過去，賽德里克再也沒有踏足這片土地。他甚至已經很少回憶起當年在這裡的生活了。本以爲自己已經完全遺忘那段過去，可現在重臨舊地，賽德里克發現過去的一切竟如昨日般清晰。

他眞的很討厭那個人類，那男人總是對他做各種不合理的要求。路過城鎮的一片空地時，他不由得地回憶起那人就是在這裡訓練自己。

彷彿仍能看見面容依然帶著青澀的龍族少年，被正當盛年的龍騎士壓著打的場景……

男人皺起眉頭，道：「你的動作太慢了。」

少年時期的賽德里克抹了抹臉，滿手都是鮮艷的顏料。此時他的身上、臉上都是各種顏色，紅的、綠的、黃的、藍的……滑稽的模樣引得一旁看熱鬧的孩子們哈哈大笑。

賽德里克覺得自己就像個小丑，這些討厭的人類全都在看他的笑話！

他直接坐在地上不肯動，生氣地叫嚷：「我不幹了！你這種閃避訓練也只是爲了保護你自己而已，對我來說根本毫無意義！」

男人往賽德里克丟出一個盛滿顏料的水球，然而少年寧可被丟得一身顏料，仍倔強地坐在地上不肯動彈。

不耐煩地抓了抓頭髮，男人耐著性子解釋：「這種訓練對你也是有好處的，龍族的防禦力很強沒錯，但要對付龍族也不是沒有方法，不然你以爲人類以前是怎樣屠龍的？」

然而賽德里克卻認定了男人沒事找事，只有像人類這種弱小的生物才需要閃避攻擊，強者如龍族完全可以硬抗過去！

即使對方耐著性子向他解釋，可賽德里克依舊坐在地上不肯起來，一副「非暴力不合作」的模樣。

賽德里克心想：我就是不動，你又能拿我怎樣？

男人挑了挑眉，轉向一旁看熱鬧的孩子，向其中一人道：「瑪雅，我可以拿一些你們家的堆肥嗎？」

瑪雅家是養豬的，平常有拿豬糞堆肥的習慣。

賽德里克聽到男人的話，心裡頓時警鈴大作，質問：「你要拿堆肥來做什麼!?」

男人理所當然地回答道：「既然你不怕顏料，那換成堆肥你應該會比較有動力？」

賽德里克大驚失色：「你要拿屎丟我!?」

男人聳了聳肩：「你這麼緊張幹什麼？你不是說強者要直面危險嗎？我給你一個當強者的機會呢！有種你別躲。」

回憶來到這裡，賽德里克連忙甩了甩頭，拒絕回想被豬糞支配的恐懼。

想當年那人最後眞的拿來了一堆豬糞，然後……住腦！別再想了！

類似的情況還有很多，那個男人在獲得一頭龍後，便像個得到心愛玩具的孩子。他興致勃勃地想把玩具打造成最合心意的模樣，把賽德里克折騰得不輕。賽德里克覺得自己會這麼討厭人類，其中絕大部分都是這個男人的責任。

腦海裡充斥著各種不好的回憶，讓賽德里克再次遷怒於艾德，惡狠狠地直盯著他。

走在前方的眾人都察覺到了賽德里克的視線，埃蒙感嘆著對艾德說道：「賽德里克眞的很喜歡你，視線都捨不得離開呢！」

眾人：「……」

槽點太多，害他們不知道該怎樣吐槽。

在布倫特的帶領下，一行人最終來到了神殿舊址。

雖然賽德里克一直告訴自己別多想，不要再回想當年在奧斯維德城的生活來噁心自己。然而來到了神殿遺址時，他仍是忍不住回憶起了那個與他訂立契約的人類。因爲這座神殿，正是那個男人死後舉行葬禮的地方。

賽德里克還記得一開始與對方訂立契約時，那人還只是個二十多歲、初出茅廬的年輕騎士。因爲人品不錯、天賦又好，再加上他的家族正好有一枚適合賽德里克的魔法晶石，而被龍族選中。

至於那時候剛化爲人形的賽德里克，外表是個十多歲的少年，與那男人走在一起時，大家總笑說他們看起來像一對帥氣的兄弟。

每到這種時候，賽德里克都會忍不住翻一個大大的白眼，心想可不是兄弟嗎？妥妥的塑料兄弟嘛！

後來男人年齡漸長，賽德里克見證著對方與相愛的女人交往、結婚、生子……而自己的外貌卻沒有任何改變，多年過去依舊是最初的少年模樣。

他們走在一起時不會有人再說他們像兄弟了，而是變得像父子。

唯一沒變的，大概就只有他們相看兩厭、老是在吵架吧？

後來那人年紀大了，與賽德里克站在一起時像是爺孫倆。因爲實力強大，那人即使老去，看起來依然健壯，是那種很有氣勢的老爺爺。

那時候賽德里克已經跟他吵了很多年，叛逆成爲了習慣，無論對方說什麼、做什麼，他總要反對。然而男人雖然年紀大了，可在每次起衝突時，總能中氣十足地壓制住他，因此賽德里克一點兒也沒有察覺到對方的衰老。

但壽命終有到達盡頭的時候，某天老人睡著後便沒有再醒過來。賽德里克朝思暮想、想要破除的龍騎士契約，也在毫無預兆的狀況下解除了。

可是重獲自由的他卻沒有如想像般的狂喜，只感到一陣空虛與不眞實。他不明白好端端的一個人，怎會說沒便沒了呢？

賽德里克獲那人兒女的邀請，希望他能出席葬禮，然而在看到那個沒有絲毫生氣的屍體時，他落荒而逃了。

也不是說有多傷心難過，當時尚且年幼的他只是……有些無法接受這麼熟悉的人突然離世。眼前的屍體讓長壽的他第一次直面死亡與永恆的離別，令他衝動地想要逃離。

回到龍族後，賽德里克偶爾也會對自己沒有參加對方葬禮一事有些介懷。可是這股歉疚剛浮起，他便會想到他們的關係一向不好，也許自己缺席葬禮，那人反而感到高興呢！

於是賽德里克便爲自己的逃離找到了藉口，說服自己後，便心安理得地遺忘這事情。

再見神殿遺跡時，賽德里克免不了回想起他沒有完整參加對方葬禮的事，竟對此有著淡淡的惆悵與後悔……

賽德里克咬了咬牙，強制自己把這些回憶重新壓回心底深處。

08.
相遇

經過歲月的摧殘，奧斯維德城不少建築物因年久失修而倒塌，但艾德並不擔心神殿的狀況。

他甦醒後已去過幾處位於不同地方的光明神殿遺址，那些神殿都保存得好好的，似乎依然受到了光明神的庇護，艾德認爲奧斯維德城的神殿也會是一樣。

然而當他來到神殿的所在之處，看著眼前倒塌得不成模樣的建築物時，艾德沉默了。

布倫特不好意思地解釋：「發現石碑可以壓制翼骨後，大家都聚集在這裡研究。那時困住魔族的結界才剛建立，並沒有像現在這般脆弱得得要小心謹慎地保護。當年除了失去部分龍魂的陛下無法變成巨龍外，其他龍族即使在外界也能自由選擇變換形態，那時候大家擠在這裡……」

艾德聞言明白了，也就是說，神殿的遺址是被龍族龐大的身軀弄破的！

他忍不住回想起旅途中探訪的光明神殿，神殿遺跡受到的破壞大都是人爲所致，而不是因爲歲月而倒塌。比如那個被改造成倉庫的神殿，以及現在這座被巨龍幾乎夷爲平地的神殿。

深呼吸……別生氣……

艾德穩定了下情緒，向布倫特詢問：「瓦礫中不見石碑，你們把石碑移走了？把它放到哪裡去了？」

原本雕刻了祈禱文的石碑理應放在神殿禮堂內，但此時卻不在該在的位置。

布倫特心虛地領著艾德來到石碑所在之處。當年找到翼骨時，發現它帶著濃濃的死氣，觸碰過的人都會被死氣詛咒。

龍族雖抗魔能力高、物理防禦也很好，不過這種詭異手段卻讓他們防不勝防。受到詛咒的龍族大病了一場，即使痊癒後實力也因此大減。所以他們都不敢再觸碰翼骨，而是選擇把它留在原位，將位處於神殿內的石碑拆遷過來。

看到神殿的慘狀時，艾德對石碑的狀況已不抱期待。現在一看，石碑的情況果然很不好，龍族拔起了它，並歪歪斜斜地按放在埋葬翼骨的土地上。

最令艾德感到窒息的是，原本雕刻在石碑上的祈禱文竟然被粗暴地除去，換上用龍族文字寫上的母龍的名字——潘蜜拉！

艾德不由得慶幸自己的身體已經好了許多，要是換上年幼病弱的自己，只怕忍不住要吐血了！

潘蜜拉的名字之下還有著簡單的墓誌銘，敢情龍族不僅把這裡當作潘蜜拉的墳墓，還把石碑當作墓碑使用！

看到石碑被如此糟蹋，艾德眞是心痛死了。雖然不至於氣得吐血，可過於激動的艾德仍免不了呼吸急促。見他臉色發白、一副要喘不過來的模樣，布倫特連忙撫著他的後背，連連安撫：「深呼吸！艾德，你別激動！」

待艾德漸漸平復下來，布倫特小心翼翼地觀察他的臉色，道：「事情就是你看到的那樣。艾德，你能夠消除那翼骨的死氣嗎？」

艾德抿了抿嘴，道：「不好說，要先把它挖出來看看，不然我無法下定論。」

聽到艾德不確定的話，賽德里克立即反對：「那可不行！既然你不能保證能成，萬一把翼骨挖了出來，卻又無法消除死氣，我族不就要遭殃了嗎？」

事。

賽德里克說得很不客氣，不過他的擔心也不無道理，而這同樣是艾德所顧忌的

雖然說白了都是龍族內部的事情，本就不是艾德的責任，且他對龍族破壞神殿、私自拿祈禱石碑當墓碑的作法很不爽，但即使心裡再有氣，艾德也不會拿別人的性命來冒險。

因此不到無計可施的地步，艾德都不會輕率地將翼骨挖出來。想了想，他決定先從研究鎮壓翼骨的石碑入手。

眼前的石碑已完全看不出原貌，不僅祈禱文被粗暴除去，刻上了罪人的名字與墓誌銘，還散發著腐朽的氣息，幾乎感受不到應有的神聖力量。

經過研究，艾德估計石碑對翼骨的壓制是有時限的。石碑上的光明之力與翼骨的死氣相互抵銷，雖然一開始不用擔心，但繼續放任不理，只怕再過幾年，詛咒便會籠罩整個龍族領地。

直接取出翼骨的風險確實比較大，當他們挖出翼骨時，有可能會破壞到石碑對

它的最後一絲壓制。萬一艾德又無法完全淨化翼骨上的死氣，那麼翼骨便會再次爲禍人間。

艾德想了想，提出了一個比較穩妥的方案——先不移動這裡的任何事物，他直接淨化石碑下方的土地，看看聖光對這裡的死氣能夠產生多少影響，再決定下一步的行動。

這已是很保險的方法，再加上若不理會，石碑也無法繼續壓制翼骨太久，因此在場的兩位龍族皆認同這個提議。

於是淨化的聖光從艾德掌心浮現，金色光芒瞬間包圍了石碑，以及它下方的一片土地。溫暖的金光驅散了土地因爲死氣侵蝕而產生的寒意，賽德里克見狀雙目一亮，道：「有效果了！」

然而下一秒，一股扭曲、充滿不祥感的霧狀黑氣從泥土中浮現。黑霧逐漸形成一頭巨龍的形態，威嚇般地朝眾人張開了血盆大口，看起來邪惡又恐怖。

艾德立即感應到有某種黑暗、多年來盤踞在此處的東西正激烈地抵抗聖光的淨化，手中金光頓時變得忽明忽暗。

要壓制的死氣比想像中濃厚而純粹，只是一頭充滿怨念而死去的惡龍，眞的能夠產生這麼強大的暗黑能量？

但箭在弦上，不得不發，艾德只得全力與這股突然爆發的死氣抗衡。

此時黑霧形成的惡龍發出一陣怒吼，隨即瞬間爆破開來，充滿死亡氣息的死氣頓時形成一股橫掃四周的旋風！

死氣衝著布倫特等人洶湧而至，艾德所有力量都在與地下的某種東西拉扯，一時之間無法騰出手來。幸好雪糰及時散發一陣柔和聖光分隔黑霧與同伴，很好地保護了眾人。

可還不待眾人鬆口氣，石碑在光暗兩股力量的對拚下，出現了裂紋！

艾德在強風中要穩住身體已經不容易，加上力量拉扯得他無法移動，便高呼：

「丹尼爾，你快試試利用我的血液來啓動石碑！」

光暗對決形成強大的風壓，嗖嗖嗖的風聲不絕於耳。丹尼爾努力穩住身體，驚疑不定地詢問：「現在嗎？」

不怪丹尼爾猶豫，在這麼混亂的情況下啓動石碑，太危險了！

艾德喊道：「沒辦法，再不行動，石碑便要破掉了！」

丹尼爾看見石碑上的裂紋愈來愈大，知道無法再拖下去。萬一石碑破了，到時人類一方留下的線索便就此中斷。他只得死馬當活馬醫，從布倫特那接過早已備好的盛血瓶子，把艾德的鮮血抹在手上後，就往石碑上按上一枚血掌印。

就在丹尼爾把掌印按上去的瞬間，石碑發出一陣刺目又熟悉的光芒，它成功被啓動了！

眾人被耀眼光芒淹沒之際，石碑再也承受不住兩種完全相反力量的擠壓，猛然爆破！

在石碑遭到破壞的同時，那節深藏在土中、一直被石碑壓制著的翼骨，也用盡最後一絲力量，碎了。

距離奧斯維德城不遠的地方，一名男子悠然地坐在一塊巨石上……仔細一看，那並不是石頭，而是一隻散發著死氣的詭異甲蟲！

這隻外形怪異的巨型甲蟲……是魔族！

然而有魔族在城鎮附近卻不是最不尋常的事，更詭異的，是坐在它身上的人。

如果布倫特此時在這，一定會驚訝於失蹤多年、一直以爲在魔族入侵時便已死去的叔叔，至今竟仍然健在！

是的，這名男子正是布倫特的叔叔——艾尼賽斯。

這麼多年過去了，他的外表竟然沒有任何改變。

要知道龍族長壽，卻絕不是長生不老。艾尼賽斯的兄長羅諾德看起來已是個五十多歲的老男人了，侄子布倫特也從當年的少年長大成人，但艾尼賽斯的外表卻比實際年紀顯得年輕太多。

要是艾尼賽斯與布倫特站在一起，不知情的人說不定還會誤以爲他們是年紀相近的兄弟呢！

艾尼賽斯溫文爾雅，在龍族裡與族人格格不入。他也是族中少有對孩子有耐心的人，在布倫特小時候便一直很照顧他。

因此布倫特從小便很喜歡這個溫柔的叔叔，也因為艾尼賽斯喜歡人類，愛屋及烏之下，布倫特也對人類的觀感很不錯，更決定以人類國度作為他遊歷的第一站，還與人類的君主交上了朋友。

此時艾尼賽斯的外貌一如他失蹤時的模樣，是那種在龍族中異常扎眼的溫和紳士，但他身邊卻有著眾多形態怪異、渾身散發死氣的魔族，身後更有一頭讓人望而生畏的恐怖骨龍。在這些同伴的襯托下，艾尼賽斯和善的模樣也顯露出一絲陰暗。

他漫不經心地逗弄著一隻醜陋的魔族，動作卻突然有所感地頓了頓，隨即往身後的骨龍微笑道：「潘蜜拉，你的翼骨沒有了呢。」

語氣中充滿幸災樂禍，動作竟是心疼地摸了摸骨龍缺少了一節翼骨的翅膀。明明臉上的微笑如此溫柔，可眼中盛著滿滿惡意。

這個男人全身帶著一種矛盾感，詭異得恐怖。

艾尼賽斯雖然有些幸災樂禍，但心疼失去翼骨的心情也是眞的。畢竟當年留下翼骨也是無奈之舉，現在它徹底沒了，他煉製的骨龍就永遠只能維持不完美的模樣。

當年龍族利用人類教廷遺下的石碑鎭壓翼骨的事，艾尼賽斯是知道的。可那時的他並不在意，應該說，他順水推舟地把這節翼骨當作一枚暗棋，任由它留在光明神殿的範圍內。

多年後，這根翼骨還眞的發揮了作用，毀掉其中一塊光明神殿的石碑。只是這一擊也讓它徹底毀了，多少有些可惜。

聽到艾尼賽斯提及「翼骨」二字時，骨龍拍了拍翅膀，似乎是誤會了，以爲對方提及到它的雙翼。

艾尼賽斯被骨龍愚蠢的模樣逗笑了。當年他煉製潘蜜拉的屍骨時遲了一些，對方死後靈魂已開始消散，他好不容易才保住了對方的部分魂魄，骨龍便成爲了現在這愚笨的模樣。

再加上那是他第一次舉行黑暗儀式，操作不熟練、出了些意外，結果骨龍其中一節翼骨依附的死氣過於濃烈，便只得把那節留了下來。

現在的骨龍雖然仍保留潘蜜拉的部分靈魂，行爲卻與野獸沒什麼分別，智力也只比尋常動物高一些而已。那個性格惡劣的女人也許怎樣也不會想到，自己死後會變成這副樣子吧？

艾尼賽斯依然記得初次遇見潘蜜拉的時候，他還是個在龍族中格格不入的小可憐。當時他剛化爲人形不久，因爲秀氣的外貌而受到其他孩子排擠。

雖然兄長羅諾德挺照顧他，然而他在族裡的日子沒有因此變好多少。畢竟羅諾德無法時刻陪伴著他，而且在羅諾德看來，自家弟弟的確太瘦弱了，孩子們的玩鬧並不會出人命，就當作是鍛鍊的機會也不錯。

羅諾德卻永遠不會明白，欺凌與惡意，可以對心智還不成熟的少年造成多大的傷害。

身爲「強者」，羅諾德同樣不會明白，有些人天生沒有戰鬥的天賦，並不是說只要多訓練就能夠變強。

艾尼賽斯恨透了那些自恃著強壯、老是欺負他的族人。然而他身體瘦弱、戰鬥力又不強，即使已經很努力了，實力在族中依然是墊底。

而艾尼賽斯看似好欺負、好相處，傲氣卻不比其他龍族少，甚至更甚。

這事情有好處也有壞處。好處是，即使艾尼賽斯在族中受到嘲笑與排擠，也不會因此心灰意冷；壞處則是艾尼賽斯的仇恨與日俱增，他希望有天能夠變強，狠狠報復那些欺辱過他的人！

想要獲得力量的想法逐漸成爲艾尼賽斯的執念，在他心底生根發芽，等待某個時機破土而出。

對於瘦弱的艾尼賽斯來說，要變成強者談何容易。別說讓族人另眼相看，光是要追上同族孩子的程度，已是天方夜譚。

但孩子們看出了艾尼賽斯的努力，知道他不是因爲懶惰，而是天生如此。見到對方拚命練習的模樣，族人漸漸不再欺負他了。甚至出於同情、又或者是被艾尼賽斯鍥而不捨的精神感動，與他當起朋友。

與其他人打好關係的艾尼賽斯雖然處境大有改善，但心裡的不甘卻變得更加強烈。相較於被欺負，他更受不了那些憐憫的眼神。

艾尼賽斯其中一個朋友是個嘴笨的孩子，有時雖是出於好心的安慰，但每句話總能戳中艾尼賽斯敏感的神經，讓他倍感受辱。

某天艾尼賽斯看到他路過，正不耐煩地想著等等又要應付他，可對方卻詢問艾尼賽斯有沒有看見他養的小狗。原來他的寵物不見了，正到處尋找呢！

艾尼賽斯搖了搖頭說沒看見，並且答應會幫忙注意後，對方答謝了聲便急著離開了。

告別了朋友，艾尼賽斯化成人形漫無目的地到處遊蕩。這是他每天最自在的時刻，身邊的人總讓他感到喘不過氣，只有獨自一人時，他才能感到真正的放鬆。

艾尼賽斯的巨龍形態不如族人般威武，更偏向於纖瘦的線條感，因此他對自己的原形有些自卑。相較於其他喜歡以龍形示人的族人，艾尼賽斯反倒更常以人形活動。畢竟同族看到他的龍形時總會搖頭嘆息，反倒不會對他的人形多說什麼。

就在這悠閒的時刻，草叢中突然出現一陣異動，隨即從中跑出一隻棕色的小狗。艾尼賽斯把不停對著自己搖尾巴的小狗抱起，並認出這隻小狗正是朋友走失的寵物，也不知道怎麼會跑到這裡來。

艾尼賽斯想著把小狗還給朋友，腦海中卻突然閃過一個念頭，前進的腳步頓時停了下來。

想了想，他把小狗帶到族中的聖地。

聖地是龍族的埋骨之處，同時也是龍氣最濃郁的地方。因此龍族會把蛋放到聖地孵化，在幼龍出生至成功化形的期間，他們都在這裡生活。

小狗歡快地在草地奔跑，一如艾尼賽斯所預料的引來了幼龍的注意。

在幼龍眼中，這隻被人馴養、對危險完全沒有戒心的小狗是很好的獵物，不只一頭幼龍向小狗發動了攻擊！

被龍族飼養的小狗，看到幼龍時還傻傻地迎上去。結果被狠狠咬了一口，鮮血四濺的牠這才驚恐地逃命。

身爲小狗主人的朋友，艾尼賽斯不只一次與牠玩耍過，因此小狗很熟悉他的氣味。出了事情後立即「哀哀」叫地往艾尼賽斯跑去，想尋求庇護。

然而艾尼賽斯卻對小狗的求救視而不見，任由幼龍分食掉牠。一開始，小狗還能發出虛弱的悲鳴，很快地便聲息全無了……

整個過程艾尼賽斯都冷眼旁觀著，之所以這麼做倒不是對小狗有任何怨恨，他只是突然想這麼做，想看看小狗被弄死的模樣，僅此而已。

抱起小狗的時候，艾尼賽斯生出一種掌控著一條生命的感覺。他覺得自己並不只是被族人嘲笑的弱者，只要他想，就能殺死比自己弱小得多的小狗。這讓他覺得自己瞬間變得高大起來，彷彿無所不能。

這種想法讓艾尼賽斯興奮得渾身顫抖，迫不及待地想將心裡的想法付諸實行。

至於爲什麼要特意前往聖地，只是因爲這裡平常不會有別人到來。他原本想親手殺死小狗的，只是在他猶豫之際，小狗卻先一步愚蠢地招來了幼龍的攻擊。因此艾尼賽斯便乾脆旁觀，讓這些幼龍代勞。

看著小狗竟然還想跑向自己尋求保護，最終卻只能被幼龍殘忍分食，艾尼賽斯獲得了很大的滿足感，心裡的鬱悶更是一掃而空，覺得自己已經很久沒有這麼輕鬆了。

艾尼賽斯愛上了這種掌控生命的快感，在折騰小動物的過程中，他覺得自己變得什麼都能做到。

那瞬間，他彷彿不再是全族最弱的吊車尾，而是可以玩弄生命的神明。

那次的事件就像打開了艾尼賽斯的某個開關，他開始一次次地向各種小動物下手。而且他並不是單純地虐殺牠們，而是先獲得了這些小動物的信任，在雙方熟悉以後才動手。

艾尼賽斯喜歡看到那些對自己充滿信任的眼神，從驚愕到絕望的感覺。

但某天，在聖地虐殺小動物的艾尼賽斯，遇上了在那裡獵殺幼龍的潘蜜拉。

09.
邪惡二人組

同樣身染鮮血的二人，在看見對方時，不約而同地呆住了。

只能說聖地果然是個人跡罕至、殺人棄屍的好場所，不然怎麼偷偷幹個壞事也能遇上同伴呢！

看到這頭嘴角還染著幼龍血跡、殺氣騰騰地盯著自己看的母龍，艾尼賽斯知道自己命不久矣。

畢竟殺害同族是重罪，母龍甚至還吃掉了對方的屍體，犯下這麼嚴重的罪行，她怎會放過目擊到行凶過程的自己？

然而即使是在這麼危險的時候，艾尼賽斯也沒有產生太大的恐懼，反而有些好奇與興奮。

他想知道這人真的會殺死自己嗎？死亡是怎樣的感覺？自己在直面死亡的時候，又會做出怎樣的反應？

會哭嗎？會毫無自尊地求饒嗎？還是會激烈反抗？

可是出乎他的意料之外，母龍並沒有攻擊他。

母龍被艾尼賽斯那超乎尋常的反應與瘋狂的眼神勾起了興趣，主動向他搭話：

「我認識你，長老的弟弟艾尼賽斯，你在這裡做什麼？」

說罷，彷彿爲了降低艾尼賽斯的壓力，潘蜜拉還很貼心地變回了人形，甚至還向艾尼賽斯笑了笑。

如果不是她的嘴角與身上還留著幼龍的血，艾尼賽斯都以爲剛剛看到的一切是幻覺了！

艾尼賽斯從聖地被家族接回的時間不算很長，也不是所有族人都清楚，然而他正好認識眼前的女子。

說認識並不正確，因爲他們在此之前從未說過話。然而艾尼賽斯卻知道潘蜜拉的名字，因爲對方是個很特別的人，她爲人孤僻，在族中總是獨來獨往。

其實潘蜜拉的長相並不差，雖然算不上美人，但身材高挑、一身英氣的模樣還是很能吸引目光，是那種很帥氣、氣質獨特的女生。

只是她的眼神凶狠又瘋狂，就像頭不歡迎任何人踏足領地的孤狼，因此在族中人緣很差。

這麼特別的人，當然獲得了艾尼賽斯的注意，不過艾尼賽斯以爲對方只是不喜歡與人交際而已，想不到她竟會做出這麼喪心病狂的事情！

此時的艾尼賽斯還只是個不成熟的孩子，仍保留著一絲良知與天眞。雖然他喜歡虐殺無力反抗的小動物，可心底還是有著一條界線，從未把魔爪伸向自己的同族。

可即使他不認同潘蜜拉的做法，心裡卻也難免隱隱生出「遇上同件」的欣喜。

他一直知道自己虐殺動物的行爲很變態，也知道自己的很多想法與常人迴異，現在遇上比自己更變態的潘蜜拉，艾尼賽斯頓時覺得找到了能互相理解的同道中人。

既然是同樣在幹壞事的人，艾尼賽斯也沒有隱瞞，直接回答道：「我在殺小狗啊！妳不是看到了嗎？就像我也看到妳在吃幼龍呀！」

潘蜜拉再次露出意外的神情：「你說得這麼直白，就不怕我殺人滅口？」

艾尼賽斯反問：「那我說自己什麼也沒看見，妳會相信嗎？」

艾尼賽斯說得有趣，潘蜜拉冷冰冰的臉上再次浮現出一絲笑意，接著不知怎地，這一大一小竟席地而坐，開始互相分享起犯罪的心路歷程。

據潘蜜拉所說，她是某天狩獵時突發奇想，對龍肉的味道產生了好奇。

一開始她只打算從人類的文獻中尋找答案。畢竟在人類與龍族敵對的年代，人類之中出現了不少屠龍勇士。龍族全身是寶，龍筋、龍骨、龍鱗等，都是不可多得的寶物，當然龍肉也不例外。

說不定當年便有人類吃過龍肉，並且把味道記載了下來。

潘蜜拉翻查了大量文獻後，竟真的找到了相關記錄，只是每個人的形容略有差異。而且單看文字實在無法確實感受到龍肉的美味，反而讓潘蜜拉更加念念不忘，想要親自嘗試。

於是某天她終於下定決心，要獵一頭幼龍來吃吃看。

潘蜜拉之所以選擇幼龍而不是對成年龍族下手，與艾尼賽斯選擇虐殺小動物的原因一樣。幼龍力弱，她可以輕易殺死，而且除非有了新的龍蛋，不然幼龍活動的範圍很少有人出入，壞事自然能夠幹得神不知、鬼不覺。

第一次下手時，潘蜜拉想著就只幹一次。反正龍族信奉汰弱留強，幼崽出世後都讓他們自生自滅，也不是沒有幼龍夭折的情況。她只是吃一頭來嚐嚐味道而已，應該不會被人發現。

但眞正嚐過龍肉的滋味，並體驗到實力提升的好處後，潘蜜拉再也停不下來。其實龍肉的味道不比魔獸好吃多少，只是那種「殺掉同族、在族中犯案卻無人察覺」的快感，令潘蜜拉欲罷不能。

一開始，她以爲自己只要滿足了對龍肉味道的好奇心就好。誰知眞正吃過以後，卻打開了一道無法關上的禁忌之門。

就算剛開始的時候會心有不安，可有了第一次，第二次下手時便沒了顧忌。多次下來，潘蜜拉早把道德感拋諸腦後，幼龍在她眼中與可以任意宰殺的豬無異。

聽過潘蜜拉的話以後，艾尼賽斯對她的認同感更深了。雖然他們一個殺的是動物，一個殺的是同族，然而心情與想法竟然非常相似。

艾尼賽斯甚至想會不會在將來的某天，當虐殺動物已經滿足不了他，他是否也會像潘蜜拉一樣對族人下手？

現在這麼想好像很難以置信，然而放在以前，他大概也想像不到自己會像著魔了一樣，喜歡看小動物各種淒慘的死相吧？

潘蜜拉彷彿看出艾尼賽斯心裡所想，笑道：「不用懷疑，我們是一樣的。雖然你還未對同族下手，然而與親近的人在一起時，你就沒有生出要傷害對方的想法嗎？想看看那些原本對自己充滿信任的人，在你下手時露出驚愕的神情，然後變得不可置信、驚恐與怨恨？」

隨著潘蜜拉充滿蠱惑意味的話語，艾尼賽斯不禁想起他第一次對朋友養的小狗下手時，那隻蠢狗便是如對方形容那般，懵然不知地對著自己搖尾巴，即使受到傷害也下意識地往自己跑來……

如果他對朋友下手，對方也會像那隻狗一樣嗎？

在一開始的時候，他會信任自己而毫不設防嗎？

會不會很驚訝？他會對自己破口大罵？還是拚命求饒、醜態百出？

這麼一想，好像比殺小動物有趣多了呢……

自那次相遇後，二人經常在聖地見面。

潘蜜拉殘忍又偏執，艾尼賽斯就像她一個新的、心愛的玩具。在這個玩具依然受她喜愛時，她是絕對不會捨得傷害他分毫的。

因此潘蜜拉現在對艾尼賽斯是眞的好，曾經她爲了想知道龍肉的味道而走遍人類國土，並且搜羅不少人類的文獻，從而得知很多人類的事情。看艾尼賽斯感興趣，便把那些東西全借給對方看。

艾尼賽斯早有成年後便離開龍族的念頭，他知道只要一直留在只論武力的龍族，必定沒有他的出頭之日。看過潘蜜拉借給他的文獻，他對人類這個複雜的種族產生了興趣。

艾尼賽斯從出生至今一直待在族裡，從未離開領地，對外面的世界一無所知。看潘蜜拉這麼好說話，便趁機請教她不少外界的事情。

他們一個願意教，一個願意學，艾尼賽斯又是聰慧無比的孩子，再加上雙方理解彼此是族中異類的認同感，二人之間的氣氛竟非常和諧，保持著亦師亦友的關係。

學習這些文獻時，艾尼賽斯敏銳地察覺到其中一部分關於闇黑之神的記載。當中提及的魔族起源，讓一直想變強而不得要領的艾尼賽斯看到了希望。

他找到一個存在這世上良久、卻一直沒有被人好好利用的力量。如果他能掌控暗黑元素，不就能成爲新的闇黑之神了嗎？

就連人類這麼弱小的種族都能夠造神，也許……

然而當艾尼賽斯正要專心研究暗黑魔法時，他與潘蜜拉的關係卻出了問題。潘蜜拉雖然待艾尼賽斯不錯，卻總是想蠱惑他殺害幼龍。在她看來，艾尼賽斯只有這樣做才能眞正變成她的同伴，可是都被艾尼賽斯拒絕了。

後來光是狩獵沒有靈智的幼龍已滿足不了潘蜜拉，她開始打起族中孩子的主意，要求艾尼賽斯欺騙朋友前來聖地，好讓她可以一嚐化形後同族的滋味。然而這要求，同樣遭艾尼賽斯拒絕。

倒不是因爲他與那些孩子感情多深厚，他只是不想蹚這渾水而已。沒有智慧的幼龍與化形後被龍族接受的孩子，是完全沒辦法相比的，親自把人帶來的風險太高，事情一旦東窗事發，後果絕對不是他所能承受。

艾尼賽斯不是不能冒險，只是也要看他認爲值不值得。

接連被艾尼賽斯拒絕，潘蜜拉很不高興，揚言要揭露他虐待小動物的事情。

艾尼賽斯說了不少好話，這才哄好潘蜜拉，只是對方的喜怒無常爲他敲響了警鐘，且他討厭被威脅，於是便設了一個局，反過來把潘蜜拉殺死幼龍一事捅了出來。敢這麼做，艾尼賽斯自然已想好了對策。即使潘蜜拉他下水，他也有自信能夠脫身。

然而出乎艾尼賽斯意料的是，潘蜜拉竟由始至終都沒有提及他的名字。

難道潘蜜拉不知道是我出賣她的嗎？

不！艾尼賽斯可以肯定潘蜜拉並不傻。何況艾尼賽斯因爲被威脅而抱持著報復的心理，沒有特意遮掩通風報信的動作，潘蜜拉絕對知道是誰出賣了她。

原本艾尼賽斯已打定主意與潘蜜拉劃清界線，不會再有任何接觸。只是他對她的想法實在太好奇了，於是在潘蜜拉被公開審判時，親自前往旁聽。

艾尼賽斯與潘蜜拉興味盎然的視線對上之際，他突然有些理解對方的想法了。潘蜜拉就像個行動力十足又極度任性的孩子，想到什麼便要貫徹下去。像她生出了試試龍肉味道的念頭，即使明知會犯下大錯，還是把這可怕的想法付諸實行。

這個女人並不怕死，比起自己的生死，她更著重於去做自己認爲有趣的事情。而自己……便是潘蜜拉最近愛上的玩具。

從潘蜜拉的眼神中，艾尼賽斯覺得自己彷彿不是一個「人」，而是潘蜜拉親手打造、最讓她滿意的藝術品。

即使這件藝術品滿身尖刺、會把她刺傷，她仍是不忍心破壞它，甚至還會好好保護它，期待將來讓世人大吃一驚。

仔細一想，雖然他屢次拒絕潘蜜拉的要求，可是在不知不覺中，他的思想已經被對方改變。艾尼賽斯察覺到自己與這個世界越來越格格不入，甚至到了難以忍受的地步。他完全無法把龍族、甚至血脈相連的親人視爲「同伴」了。

特別是接觸到暗黑魔法後，艾尼賽斯看到文獻上各種以活人進行獻祭的邪惡儀式。族人們在艾尼賽斯眼中，與一頭待宰的豬沒有多大分別。

想到這裡，他感到一股寒意，可卻又有些興奮。

他迫不及待地想實踐學到的暗黑魔法，也許把一頭惡龍的骨頭煉製成使魔，作爲自己初次接觸黑暗的試驗是個不錯的想法？

然後，或許在將來的某一天，他也會像潘蜜拉那樣，遇上一個跟自己很像、有潛力的孩子，並把他帶在身邊悉心教導吧？

對方會乖乖聽話嗎？還是會像自己對待潘蜜拉那樣，反咬自己一口？

那好像……也是件很有趣的事情呢！

一旁的骨龍發出龍嘯，把艾尼賽斯的思緒從回憶中拉了回來。

潘蜜拉的骨頭當年被龍族散落懸崖後，艾尼賽斯至崖底把它們撿齊拼回，並利用剛接觸的暗黑之力將其煉成使魔。

艾尼賽斯現在回想起來，過去的他還眞是初生之犢不畏虎，像死氣這種充滿攻擊力的能量，他一個半吊子竟然這麼不怕死地用來舉行儀式。

結果能量失控，雖然最後成功讓潘蜜拉以骨龍的形態復活，可其中一節翼骨卻成爲了怨氣的載體，完全無法取用，艾尼賽斯只得把污染嚴重的翼骨留了下來。

雖然骨龍是個失敗品，可它對艾尼賽斯來說有著特殊的意義，因此他完全沒有嫌棄這個有瑕疵的成品，一直把它留在身邊。

後來艾尼賽斯也試過利用其他龍族的骸骨做實驗，然而那些屍骨對死氣的包容性遠不如潘蜜拉，儀式最後都是以失敗收場。

艾尼賽斯不得不承認那個女人還眞是特別受暗黑力量喜愛，要是她沒有死，並且朝著這方向研究，說不定將來的成就會比自己更高。

察覺到潘蜜拉的特殊性後，艾尼賽斯不是沒想過花些時間取回那節翼骨，只是清除其上過於濃烈的死氣會受到咒術的反彈，那副異狀必定會引起龍族的注意。

那時候艾尼賽斯在人類帝國的布置已到了重要關頭，光明神教似乎已經察覺到異樣，加大了打壓的力度。

爲免節外生枝，艾尼賽斯只得把翼骨一事先放下，全力與光明神教周旋。

不得不說艾尼賽斯對人類的顧忌很有道理，事實證明，當年深淵降臨時，人類那邊並不是毫無作爲地坐以待斃，甚至還狠狠反咬了邪教一口。

只能說雖然人類滅亡了，可其實雙方都是慘敗收場。人類滅絕，艾尼賽斯一手建立起的暗黑神教也同樣覆滅得灰也不剩；召喚深淵的儀式出了問題，魔族沒有如他預期般大舉入侵魔法大陸。各族建立了阻擋魔族的結界後，艾尼賽斯也只得暫時隱藏起來，等待結界破損的一刻。

這讓艾尼賽斯對人類很忌憚，特別是當年光明神教敗得太快了，他總覺得對方還留下了一些他所不了解的後手。

果然，多年以後，艾德出現了。

人類帝國的皇子殿下、大祭司最疼愛的弟子、光明神虔誠的信徒……

艾尼賽斯立即敏銳地察覺到艾德的出現不會只是一場意外，更有可能是一場針對魔族的陰謀。

於是他嘗試想把危險扼殺在搖籃中，這也是爲什麼艾德才剛剛甦醒不久，便迎來了魔族的襲擊。

可是四大種族傾力打造的結界即使有所破損，還是困住了絕大多數魔族。即使不要命地衝撞結界，能成功逃出的魔族還是太少，根本不足以殺掉被保護的艾德。

魔族現在仍被結界阻擋，再零星派出也是徒勞。艾尼賽斯便默默觀察著艾德一行人的動向，再想到當年那留在龍族領地的翼骨，心裡有了打算。

雖然不知道艾德到底要從石碑中尋找什麼，可既然他需要石碑的力量，而翼骨正好就被龍族埋葬在石碑下方，那何不好好利用，爲艾德他們送上一份大禮？

現在，禮物被發動了呢！

艾尼賽斯站了起來，微笑道：「是時候去會一會他們了。」

10.
救人

與艾尼賽斯一樣，身處奧斯維德城附近、正前往尋找艾德的還有另一伙人，而且與滿懷惡意的艾尼賽斯不同，這伙人之中，有著冒險者們熟悉的朋友——阿諾德與戴利。

至於這兩人爲什麼會前往龍族的領地，便要先把時間回溯到稍早之前。

妖精們被發現擁有製藥天賦後，開始了水深火熱的學習生活。這些年來妖精們都被寵壞了，現在突然要他們上學，誰也不願意，把收留他們的城鎮鬧得雞飛狗跳。

但此時眾人已經醒悟到，就是因爲多年來的寵溺，才會把妖精們養歪，於是不再事事順著他們了。所以即使妖精們再怎樣吵鬧、反抗也改變不了結果，全都被強迫入學了。

結果卻皆大歡喜，妖精天生便與植物親近，這些孩子度過最初的抗拒後，開始領略到煉製草藥的樂趣。一段時間下來，還眞的被他們研究出幾種有用的藥劑。

眾多妖精之中，戴利的天賦最高，學習成績也最爲優異。那些由妖精們研發出來的藥劑之中，有六成都是戴利研究出來的。

這令戴利瞬間走入各族高層的眼中，也讓他們眞正重視起妖精這個種族。

可戴利學會了煉藥的入門技巧，以及各種理論後，處理藥材以至於煉藥的技巧很快超越了經驗豐富的老師，學校已沒什麼可以教他的了。

畢竟妖精最厲害的一點，便是他們對各種植物的藥理與應用有著天生的直覺，這些並不是坐在課室裡聽理論就能學會的。

獲得基本的製藥知識後，戴利更需要的是前往不同的地方，接觸更多書籍中沒有記載的植物，尋找它們的藥用價値。

但這麼小的孩子，總不能讓他獨自旅行，於是鎭長把戴利託付給了阿諾德。

正好阿諾德與戴利關係好，而且對方因爲工作經常得前往不同地方，根本是看護戴利的完美保母……咳！同伴才對。

於是，戴利開始隨著阿諾德的船隊出海。

原本阿諾德還有些不願意讓小頑皮上船，不過這段時間在學校學習過規矩後，戴利已變得乖巧許多，雖然精力旺盛的孩子對阿諾德等人來說眞的活潑過頭了，而且戴利在熟悉的人面前依然老愛耍些小性子，可都還在可以接受的程度。

每次到達目的地後，戴利便會沉醉在尋找當地新品種植物上。看見沉迷於煉製草藥的戴利，阿諾德忽然領悟了。

原來以前這孩子這麼態，都是因爲沒事做而閒出來的！

雖然戴利時不時便會嚷著討厭學習，可阿諾德能夠看出他其實樂在其中。

看著努力學習的戴利，阿諾德彷彿看到以前的自己。

以往人們善待阿諾德，只是看在他父親與兄長的份上。就像人們寵溺妖精們，是爲了回報母樹當年犧牲的恩情。

可只有憑自己努力所獲得的敬重，才是眞正屬於自己的東西。

阿諾德曾在生死之間走了一回，現在的他不想再虛度過活了。經過努力工作後獲得成果，那種成就感與滿足感是以往感受不到的。

因此阿諾德很明白爲什麼戴利會在煉製草藥上如此努力，大概這孩子也是第一次被人如此肯定吧？

雖然阿諾德嘴上沒說，但心裡其實對於戴利這個年紀小了他很多的小朋友產生了惺惺相惜的感覺。

因此旅程中每遇戴利提出要繞道找草藥，又或者想順道到附近的景點逛逛，阿諾德都會盡量滿足他，可說是非常寵了。

阿諾德看出戴利的變化，其實他自己的轉變也被同伴們看在眼裡，特瑞西覺得阿諾德現在總算有些隊長的模樣了。

特瑞西感慨著自己竟然有天能夠看到隊長獨當一面的模樣，卻被路過的隊員笑稱他看著阿諾德與戴利的眼神，簡直就像個慈母似地。

至於爲什麼是慈母，卻不是慈父？

隊員解釋，因爲副隊長雖然年紀不大，但卻總愛操著老媽子的心……

總而言之，多次同行後，戴利已經很習慣跟著阿諾德他們出海，簡直成了這隊海軍的吉祥物了。

這次阿諾德他們到達了一座接近龍族領地的海邊城鎮，從沒中斷與艾德聯繫，並且得知對方正前往龍族領地的戴利，便吵嚷著要過去與艾德一聚。

阿諾德聽到戴利的要求後也有些心動，他朋友不多，獸族那邊的人都不太看得起他，因此除了海軍的隊員外，便只有戴利與冒險者們了。

雖然與艾德他們分開的日子不算很久，不過被戴利這麼一鬧，他也突然有些想念這些朋友了呢！

只是這會有一個問題——他們這次的任務除了進行海上巡邏外，還得從城鎮取得一些物資回去，因此不能停留太久。

海邊城鎮距離龍族的領地有數天路程，要是他們去找艾德等人，那麼便會耽誤軍隊進行補給的時間。

最後阿諾德想出了兩全其美的方法，便是他陪同戴利一起到龍族的領地拜訪舊友，暫時把軍隊的管理權交給特瑞西，讓他先把物資帶回去。

反正平常出海的路線都是固定的，很快軍團便會再來到附近巡邏，到時便可以把二人接回去。

於是阿諾德和戴利與船上同伴們分道揚鑣，二人朝著龍族的領地前進。

既然決定了要去找冒險者他們，當然要詢問艾德幾人確切的所在地，然而戴利卻沒有聯絡艾德，反而詢問與自己沒那麼熟的布倫特，令阿諾德有些不解。

面對阿諾德的詢問，戴利笑嘻嘻地道：「我才不告訴艾德呢！要是艾德知道的話，不就沒有驚喜了嗎？」

聽到戴利的話，阿諾德卻有些吃味了。這段時間都是他在照顧戴利，雖然不是有血緣關係的親兄弟，可阿諾德早已把對方視爲親人。

阿諾德甚至都以戴利的兄長自居了，爲了成爲好榜樣，好逸惡勞的他更加認眞地工作，平常也很寵對方。

結果戴利卻依然老是對他耍小性子，反倒面對艾德時更加親近與乖巧，這讓阿諾德醋意滿滿，幾乎十里外都聞到他的酸味了！

「戴利，你很喜歡艾德嗎？」阿諾德充滿酸意地詢問。

性格大條的戴利完全沒有察覺到異樣，點頭笑道：「喜歡呀！」

阿諾德醋意更濃了，像個怨婦似地追問：「那我呢？我與艾德相比，你更喜歡誰？」

戴利被阿諾德較勁的模樣弄得一愣，道：「都喜歡啊！」

爲什麼要做選擇？我全都要！

但阿諾德卻不滿意戴利這種敷衍的答案，又追問：「如果我與艾德一起掉進海裡，你會先救誰？」

戴利：「……」

這個問題實在太蠢了，戴利完全不想回答，扭頭便走。

偏偏阿諾德還不依不撓地追問：「你還沒回答我呢！」

戴利沒好氣地說道：「你懂得游泳啊！」

這答案很直接了，可是現在阿諾德就是要弟弟哄，而不是讓他理智地指出自己會游泳的事實！

阿諾德還要說什麼，然而他的一雙棕熊耳朵動了動，立即快步上前拉住對方。

戴利還以爲阿諾德不知又在發什麼神經，抬頭卻見對方一臉嚴肅地看著草叢的方向，頓時也警戒地往草叢看去。

戴利下意識地依偎在阿諾德身旁，以獲得更多安全感，道：「草叢裡藏著人。」

妖精與精靈一樣，是自然界的寵兒，行走在森林時，理應要比阿諾德更快察覺出異樣。偏偏這孩子是個心大的，再加上在外遊歷的經驗不足，要不是阿諾德察覺到草叢裡有血腥味，只怕戴利便要懵然不知地走過去了。

阿諾德讓戴利待在原地，他的雙手化爲熊爪，小心翼翼地撥開草叢，只見一名衣衫染血的精靈倒臥在草叢堆裡。

確定雙目緊閉的精靈是眞的失去意識後，阿諾德這才放鬆了戒備，蹲下來檢查對方的傷勢。

精靈族的長相無一不是美而精緻的，這名受傷的青年也不例外。以獸族的角度來看，這人大約二十多歲的年紀，身上受了不少傷，似乎經歷了一場追殺，衣服上都是破損與血跡，看起來非常狼狽。

精靈青年的身上雖然有多處傷口，但很幸運都不是致命傷。只是對方的傷勢有些奇怪，特別是肩膀處，從那拔下了一枝有著雕刻的箭矢，讓阿諾德非常在意。

會這麼無聊在箭上雕花的種族，除了精靈族絕對不作他想。

所以……傷他的人也是個精靈？

雖然不知道對方的身分與遇險原因，可他們總不能見死不救。阿諾德向戴利招了招手，道：「是個受傷的精靈。」

精靈是妖精的遠親，聽到有精靈受傷，戴利立即邁著小短腿跑到阿諾德身邊，探頭往草叢看去。

打量了對方幾眼後，戴利滿意地點了點頭：「看起來是個和善的人，不像是暴躁會罵小孩子的壞精靈。」

阿諾德本以爲戴利跑過來是急著爲對方療傷，誰知孩子打量了傷患一會後，卻下了這麼一個結論，頓感哭笑不得。

到底丹尼爾是給這孩子多大的陰影啊？

不過想到冒險團遇上戴利時，妖精們還過著被寵壞的生活，丹尼爾說不定是第一個對戴利這麼不客氣的人，也因此，戴利對「精靈族不好惹」的印象才會特別地深刻吧？

戴利雖然對精靈這個種族有些心理陰影，但仍是善良地拿出了兩瓶藥劑交給阿諾德，並交代用法：「這是外用的，這是口服的。」

阿諾德一直把精通藥理的戴利視爲醫生，見對方遞出藥劑時，愣了愣：「你不幫他治療嗎？」

戴利翻了翻白眼，道：「你覺得我像懂得幫人包紮的樣子嗎？」

阿諾德認眞想了想，藥劑師與醫生的職業好像眞的有些不同？

他只得接過藥劑並爲傷者包紮，接著他感嘆：「如果艾德在這裡就好了。這種程度的傷勢，他應該輕輕鬆鬆便能夠把人治好吧？」

戴利聞言也回想到當初的阿諾德可是幾乎連命都快沒了，結果艾德硬是把他從死亡邊緣拉回來的奇蹟。

以前戴利仰慕強者，總覺得那些身體強壯、武藝高強的人才值得敬佩，但見識到艾德的能力後，戴利不再這麼想了。

原來即使不擅長戰鬥，也是能夠成爲保護同伴的英雄。

可以說戴利會對藥劑有著這麼大的熱情，某種程度也是受艾德激勵的。雖然藥劑師無法像祭司那樣瞬間治好受傷的人，然而在面對毒藥與疾病時，卻有著祭司無法媲美的效果。

只要運用得好，他也可以像艾德那樣保護別人！

像現在，傷者喝了戴利的補血藥劑後，蒼白的臉上立時多了些血色。阿諾德小心翼翼地替他包紮傷口，外用的藥劑能避免傷者的傷口受到感染，並且更快地癒合。戴利還體貼地加了一些麻醉的成分，可以一定程度地減輕痛楚。

戴利的藥劑很有效，過了一會，傷者慢慢甦醒過來。

張開眼睛時，精靈青年的眼中滿是銳利的警戒，然而在看到戴利那張放大的孩子臉孔時，警戒轉變成了疑惑。

聽到傷者動靜後湊過去的戴利，完全不知道自己貼太近的臉把對方嚇到了。只見這孩子一副自傲的表情說道：「我就說我的藥劑不會有問題的，看！這不就醒過來了嗎？」

看著戴利臉上彷彿寫著「快誇我」的表情，阿諾德失笑地揉了揉他的頭，讚賞道：「當然，你可厲害了！」

戴利立即挺了挺胸，露出驕傲的笑容。

精靈青年眨了眨眼睛，詢問：「是你們救了我嗎？謝謝你們！」

阿諾德打量眼前的青年，這人說話溫溫和和的，看起來是個脾氣很好的人。他的笑容親切無害，在族中應該是個很受孩子歡迎的鄰家大哥哥吧？

面對青年充滿親和力的微笑，阿諾德也回了一個客套的笑容，道：「不客氣，既然碰上了，總不能見死不救。你爲什麼會受傷倒在草叢裡？是誰傷了你？」

精靈青年嘆了口氣，道：「我的名字是傑瑞德，是族裡的衛兵。最近族中出了一個叫奧布里的歹徒，他綁架並販賣族裡的孩子。我們奉命追捕他，結果我卻不小心中了對方的陷阱，與同伴失散了。雖然受傷後躲在草叢中逃過追殺，卻因爲失血過多而暈倒。要不是遇上你們相救，這次只怕危險了。」

聽到傑瑞德坦誠地說出是被同族所傷，阿諾德心裡的疑慮與警戒大大降低，他暫時相信了對方的說辭，詢問：「你接下來有什麼打算？」

傑瑞德猶疑片刻，問：「在我的傷勢復元之前，可以暫時與你們一起行動嗎？」

阿諾德也正有此意，得知傑瑞德的處境後，他總不能丟下傷患就走，於是道：「當然可以。我們打算前往龍族的領地，到時候你也可以向龍族請求協助。」

阿諾德不是沒想過陪傑瑞德去尋找他失散的同伴，只是那個奧布里這麼凶悍，單槍匹馬還能夠把傑瑞德傷得這麼慘……

現在他還帶著一個完全沒有自保能力的戴利呢！還是別去蹚這渾水吧，繼續照原定計畫前往龍族領地就好。

此時的阿諾德卻不知道，他將要前往的龍族領地正面臨著一場大危機。

如果他知道的話，一定不會選擇在這種帶著傷患跟小孩子的情況下去找他們。

可惜千金難買早知道，因此阿諾德三人還是繼續著接下來的旅程。

同樣地，艾德也不知道有兩隊人馬正往他們所在的方向前進。不過現在他正在焦頭爛額中，即使知道，也沒有心力去管其他的事情了。

石碑爆破以後，保存在石碑裡的力量同樣受到破壞，那些力量變成一片片閃動著光亮的碎片、飄浮到空中。

那些力量化成的碎片上映照著一些人物，看起來就像破碎的玻璃鏡面一樣。然而仔細看去，碎片上顯現的卻並不是他們的鏡像，而是其他影像！

繁榮的人類城鎮、眾多信徒聚集的光明神殿、華麗的城堡內部、熙來攘往的街道……

彷彿碎片中存在著另外一個世界。

一個人類處於全盛時期的世界！

而無論背景是什麼時空與場景，每片碎片中，都有著一個艾德。

碎片裡面的艾德年紀不同、服飾不同，所處的狀態也不同。

也許因爲石碑在激活的瞬間便立即破碎，所以艾德的記憶才沒有以往常的形式展現，而是變成他們現在所見的碎片。

其中一片碎片正飄浮在艾德面前，艾德抿了抿嘴，伸手嘗試著想把它取下來。

就在他觸碰到碎片的瞬間，眾人耳邊響起了許多聲音：

「我死了呢！」

「所以，我是不是可以……」

「是在我這裡嗎？」

「不！別留下我！別留下我獨自一人！」

「放心交給我吧，這也是身爲皇族的使命。」

聲音有年幼的童聲、有少年時期的聲音、有現在眾人熟悉的青年嗓音……這些混雜在一起的聲音全都屬於艾德！

聲音愈來愈大、愈來愈混亂，最後更是吵得眾人頭痛欲裂，根本已經聽不清楚聲音所說的內容了！

眾人之中最受影響的人當屬艾德，也許是他的觸碰與這些記憶碎片產生共鳴，所有碎片就像被吸引一樣，飛至艾德身邊。

層層疊疊的碎片包圍著艾德，幾乎完全遮擋住他的身影。一行人只能在碎片的縫隙中看到艾德受不了聲響似地摀住雙耳，非常痛苦、一副快要暈倒的模樣。

「艾德！」冒險者們急了，他們想衝進去把艾德從碎片中解救出來，然而此刻的碎片卻像一道結界，每當他們想要接近，一股無形的力量就會把眾人推開。

他們不知道艾德到底在碎片中看到或聽到了什麼，是否獲得任何有用的資訊。在冒險者們努力地想辦法解救艾德之際，那些碎片們卻突然全部都破碎了，最終化成星星般的光點聚集在一起，爲眾人指引下一個目的地的方向。

碎片消散後，冒險者們也總算看清楚艾德此刻的模樣。只見他滿頭冷汗、臉白如紙，一副虛弱得不行的樣子，著實把眾人嚇了一跳。

「艾德，你沒事嗎？」埃蒙匆忙上前扶住艾德，其他人也一臉擔憂地往他走來。

艾德搖了搖頭，示意自己沒事後，詢問：「下一個座標記下了嗎？」

不知是否受蘊藏在翼骨中死氣的影響，這次的記憶回溯混亂又痛苦，最後指引的光線也非常微弱，艾德擔心無法很好地指引出方向。

見布倫特表示已確定了下一個目的地的方向後，艾德這才放鬆下來。

然而他卻放鬆得太早了。

在雪糰尖銳的警告叫聲中，原本已經逐漸消散的死氣竟再次凝聚起來！

死氣所形成的漆黑霧氣內，不知道何時到來的眾多魔族蠢蠢欲動著。

眾人之前都被石碑吸引了所有注意力，現在魔法消失，他們才驚覺自己早已被魔族包圍了！

虎視眈眈的魔族之中，一頭巨大的骨龍拍動著翅膀降落到地上。這頭渾身散發死氣、眼眶位置燃燒著兩團黑色魂火的骨龍，顯然與那些魔族是一伙的。

冒險者們對這頭骨龍的身分已有所猜測，甚至可以說是「久聞其名」。

看著眼前不祥又恐怖的骨龍，不由得感到有些不眞實。那種感覺就像是只存在童話故事中、父母用來唬嚇孩子的妖怪，某天突然真的出現在眼前一樣。

丹尼爾手握弓箭，警戒著眼前的敵人：「布倫特，這骨龍就是你們提過好幾次的潘蜜拉嗎？」

然而布倫特卻沒有回答丹尼爾的疑問，而是用著無法置信的眼神，死死盯著骨龍身上的某處。

順著布倫特的視線看去，眾人這才注意到在骨龍龐大的骨架上，竟有一名男子站在上面！

男子頭上的犄角顯示出他龍族的身分，然而相較於長得健壯的龍族，這名男子卻略微削瘦，還帶著一身溫文爾雅的書卷氣。

男子無視布倫特的目光，他勾起一個溫和的微笑，風度翩翩地向一臉震驚的艾德打了聲招呼：「好久不見了，我的皇子殿下。」

《光之祭司 07隱藏在身邊的殺意》完

✧後記

哈囉～大家好！

寫這篇後記時，香港剛經歷了噩夢般的三月。

近期香港的疫情空前嚴峻，有很多人都不幸感染了。雖然沒有封城，可是大量店舖關門，整個香港變得像座死城一樣。

現在確診人數已漸漸下滑，限聚令也總算逐步放寬，這場噩夢是眞的要過去了……吧？

聽說台灣的疫情也開始嚴峻了，希望大家都平安。

接下來會談及這一集的內容，劇透警告喔！

在這集中，艾德終於與幕後BOSS艾尼賽斯見面了。

艾尼賽斯與潘蜜拉的相遇與過去，也在這一集浮出水面。

其實在設定壞蛋二人組時，一開始原本是想寫兩個不受族人接納的小可憐，在族中互相扶持，最後為了獲得力量而誤入歧途。

就是兩人之間感情很好，雖然做了些壞事，可也不是單純的壞人、亦正亦邪的那種感覺。

只是在動筆時，卻愈寫愈有種謎之熟悉感……

是你們嗎？佛洛德與伊妮卡!?（《懶散勇者物語》的角色）

難怪覺得有些熟悉，艾尼賽斯與潘蜜拉初期的設定與性格，與我之前寫過的兩個角色太相似了。

察覺到這一點後，我便修改了兩人的設定。重寫時變成了艾尼賽斯與潘蜜拉被族人排擠，二人相遇後惺惺相惜，不僅聯手尋找變強的方法，還產生帶領魔族統治世界的想法……

但這樣寫，感覺有些中二？

而且這種因爲想要變強而走火入魔的設定，好像有些爛大街了。

於是我想著既然亦正亦邪已經寫過，單純想要變強有些中二，不如就寫「眞・邪惡二人組」吧？

沒有特別的原因，也沒什麼不得不如此的苦衷，只是因爲很單純的個人慾望而作惡，現實中很多壞人不也如此嗎？

結果便把他們寫成兩個變態，嘻嘻！

說起來，很多變態殺人犯在犯案之前都有虐殺小動物的前科。只能說人的底線往往會一低再低，有些事情是永遠不能犯的。

當一個人開始以傷害弱小爲樂，大約也離深淵不遠了吧？

另外，在這一集中，可愛的戴利再次出場了！

與他一起展開旅程的，還有同樣經歷過荒島求生而有所成長的阿諾德。

不知不覺中，阿諾德已成爲一個合格的監護人了。雖然他與戴利沒有血緣關係，可是卻像是家人一般親近。

當時那個會丟下戴利的膽小鬼，現在已是個有擔當、也能很好地照顧戴利的兄長了呢！

想當初我還打算讓阿諾德死在荒島上，幸好最後有筆下留情。他們的互動真的很有愛，年紀大的那位是個幼稚鬼，年紀小的那位則人小鬼大、機靈得很，寫他們時挺開心的。

現在再加上一個落難精靈，這個組合滿有趣呢！也許下一集會多寫寫他們，也希望大家會喜歡。

那麼，我們第八集再見！

香草

【下集預告】

✦光之祭司✦

傳說，人類打開了魔界之門，
不僅召喚出恐怖魔物、得罪所有種族，更滅亡了自己，
這片魔法大陸上，從此一人不剩……

戴利開開心心地去探望朋友，卻突然失蹤？
阿諾德焦急尋找，竟發現事情並不單純！

魔族幕後BOSS現身，
大戰一觸即發，
然而明槍易躲，背後的冷箭卻令人防不勝防……

（老好人的）龍族隊長＋（痞氣的）精靈弓箭手＋（很不歡族的）獸族殺手＋（溫柔又矜持的）人族「全民公敵」
魔法大陸的問題，可不僅僅只有魔物啊！

VOL.8〈光明隕落〉

～2022年夏，敬請期待～

國家圖書館出版品預行編目資料

光之祭司 / 香草 著.
——初版. ——台北市：魔豆文化出版：蓋亞文化發行，2022.06
冊； 公分.（Fresh；FS194）
ISBN 978-986-06010-8-4（第七冊：平裝）
857.7 111000440

fresh FS194

光之祭司 7

作　　者　香草
插　　畫　阿蟬
封面設計　克里斯
總 編 輯　黃致雲
發 行 人　陳常智
出 版 社　魔豆文化有限公司
發　　行　蓋亞文化有限公司
地址：台北市103承德路二段75巷35號1樓
電話：02-2558-5438　傳眞：02-2558-5439
電子信箱：gaea@gaeabooks.com.tw
投稿信箱：editor@gaeabooks.com.tw
郵撥帳號 19769541　戶名：蓋亞文化有限公司
法律顧問　宇達經貿法律事務所
總 經 銷　聯合發行股份有限公司
地址：新北市新店區寶橋路二三五巷六弄六號二樓
電話：02-2917-8022　傳眞：02-2915-6275
港澳地區　一代匯集
地址：九龍旺角塘尾道64號龍駒企業大廈10樓B&D室
電話：+852-2783-8102　傳眞：+852-2396-0050
初版一刷　2022年 6月
定　　價　新台幣 199 元
Published and printed in Taiwan

ISBN 978-986-06010-8-4

魔豆

魔豆